流蘇の花の物語

銀の秘めごと帳

雪村花菜

富士見L文庫

JN049507

目次

イラスト：めいさい

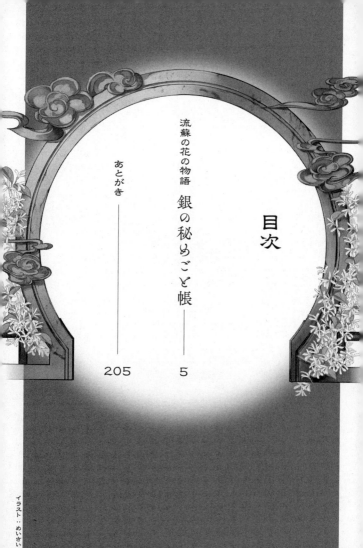

間諜《かんちょう》というのは、「やったほうがいいこと」の類《たぐい》より、「やったらいけないこと」のほうに重きを置く仕事だ。

——おお、この一文なかなか含蓄がある。手記の冒頭に持っていきたい。

「その『やったらいけないこと』の例を挙げるなら、『間諜はそもそも手記とか書くものではない』というのを、冒頭に持ってこい」

主君がこちらに背中を向けて言う。「最近ですね、手記とか書いてみたいなんて思うことがあるんです」と銀花《ぎんか》が言ったとたん、間を置くこともなくこんな反応。

銀花はふふふと笑いながら、彼女の髪に櫛《くし》を通しはじめた。

「それ採用します。壮大な矛盾を孕《はら》む一冊として、伝説になりそうですね」

「そんなにも希死念慮があったとは知らなかった。遠回しに主張しなくとも、苦しまないように死ねるよう手配はしてやるぞ」

銀花の冗談に、どぎつく黒い冗談で返したわけでもなく、「まあ、言葉どおりの意味じゃないんだろうが、もし本気ならこういう対応をする」という見解を述べただけという態度。

銀花は主君の髪を梳《す》く手を止めて、彼女の背後から抱きついた。

「うふふ、殿下苦しまないようにはしてくれるんですね。やさし～い、好き～」

「嫌味か？」

主君は嫌そうに身をよじった。

「お前が手記云々《うんぬん》とかじゃなく、単に引退したいと言うなら、『静かな暮らしを準備してやろう』くらいのことは言えるものを……。なに『むごたらしく殺す』か『穏便に殺す』のどちらかしか返せないような発言をするんだ、馬鹿め」

彼女からかけられる言葉は、語尾が「馬鹿め」で終わることがかなり多い。これを聞くと、一仕事終わったなあという感じがする。

※

天気なんていうのは、この世でもっとも無難な話題だ。

けれどもこの国で女王がそれを口にしたら、意味あいがことなる場合がある。

女王が冠のあごひもをほどいた。女官がやってもいいものであるが、彼女は衣装の着脱の中で冠を外す行程だけは自分で行う。

とはいえ外したらすぐ、隣の女官に手渡すのだが。

大ぶりな細工の黄金の冠が女王の手から離れると、それ、とばかりに更衣の係の女官が女王に群がり、やれ髪をほどいたり、やれ服を脱がせたりきびきびと自分の仕事をこなす。

髪をほどかれ、隙間なく刺繍《ししゅう》で埋められた上衣から解放された女王が、ふうとため息をついた。「このまま少し休憩するわ」と女官に声をかける。

上は肌着、下は豪奢《ごうしゃ》な袴《はかま》というちぐはぐな格好である。いつもならば完全にくつろいだ姿になるまで待つというのに。今日はそんなに疲れたのだろうか。

「殿下、どうぞお手を……」

先ほど宝冠を預かった女官が促すと同時に、盥《たらい》を持った女官――銀花は前に出た。中を覗《のぞ》きこみ、女王がかすかに笑んだ。

「今日は薔薇《ばら》か」

「ええ、殿下のお好きな……」

女官は得意げに言うが、その人、薔薇はそんなに好きじゃないですよと、銀花は内心で呟《つぶや》いた。

とはいえ彼女が好きな流蘇子《りゅうそし》の花は美肌の薬効があるわけでもなく、なにより花弁が小さすぎる。浮かべた水に手を突っこもうものなら、手にべたべた付着して気持ち悪いだけだ。そういう事情もあって、主張するのも無益と女王は思っているのだろう……というのは、銀花が勝手に思っているだけのことであるが。

ちゃぷ、と静かな音を立てて女王の手が盥に沈んだ。

その仕草ひとつとっても、洗練されている。ただ、美人とはいいがたい。いかんせん顔も体も骨格がしっかりしすぎている。目鼻立ちはかなり調和がとれていると銀花は思っているのだが、それを配置する枠組みである顔面の鰓《えら》が張っている。そのうえ左右で張り方が違うので、顔全体の印象がいびつである。

だが迫力はある。宝冠を載せても負けることはない。

これが挙措の優雅さとあいまって、威厳だとか風格だとかを見る者に感じさせる。

彼女はこれでいい。これがいい、と銀花は思っている。

どうせこの国の「魅力的な女性」というのは、「男に愛される女性」という意味でしかない。彼女は「男に愛される女性」には見えないかもしれないが、「男を従えるに足る女性」として外見上の要件を満たしている。女王としてこれほど恵まれた容姿はなかなかないだろう。

「明日は何刻《なんどき》に雨が降るだろうか……」

女王は、薔薇の花弁を浮かべた盥の水に手を浸しながら呟いた。

その盥を持ち支えながら、銀花は「明日は多分、ずっと晴れです」と内心呟いた。隣には盆を捧《ささ》げ持つ同僚が立っている。盆には絹の手巾が山と積まれていた。

銀花も同僚もぴくりともしない。ましてや女王の呟きに相づちを打つなど。それは銀花のような中級女官がするには、差しでがましいことだ。なにより、女王が明日の雲行きを本当に気にしているわけではないと、銀花は知っている。

女王の隣に立つ高級女官が、手巾を手に取りつつ申し出る。

「お調べしましょうか」

「いや……いらぬ」

言いながら、女王は水から手を引きあげた。ちゃぷ、という音とともに水滴がわずかに散り、そのうちの一つが銀花の手に落ちた。

「かしこまりました」

高級女官は手巾で女王の手の水気を拭きとり、銀花たちに退出するように、仕草で命じた。

銀花たちは捧げもつ姿勢のまま女王の前から退出した。寝室から出て少し歩き、そしてようやくちらと目を合わせた。

合わせただけ。

二手に分かれた。目的が違うのだから、不自然なことじゃない。銀花は水の処分に行く。同僚は洗濯物の部屋に手巾を置きに行く。

銀花が向かったのは、王族の健康と美容を管理する場である医薬院であった。

銀花が処分するのはただの水と花弁なので、極端なことをいえばそこらへんに捨てても勝手に自然に還《かえ》ってくれる。

だが女王の美容を保つ品として扱われたものは、軽々しく扱えない。後々女王が体調を崩した場合、彼女の肌に触れたものも遡って調査する必要があるから、ここで手続きを踏んで処分しなければならない。

といっても銀花がやることは、担当の者に手渡すだけだ。

「今日もつつがなく」

「お役目ご苦労」

大して中身のないやりとりを経て相手に盥を渡す。その際、手の中になにか押しこまれた。銀花はなにくわぬ顔でその手を袖の中に引っこめ、医薬院を出た。

手の中には八角形の駒がひとつ。彫られた文字を指で探る。これは無意識の動作であってなにが書いてあるかは問題ではない。銀花にとっては、これを渡されたということが重要なのだ。だから書いてある字がわかったとしても意味はないのだが、わかるとちょっとした達成感がある。

――「士」か……。

銀花は自室に戻り、私物の将棋盤に歩み寄った。駒用の器の中にではなく、将棋盤の下のすきまに、渡された駒を差しいれる。誰かがこれを見たとしても、隙間に紛れこんだ駒をしまい忘れたようにしか見えないはずだ。

これが親切な人間に見つかって「あらあらうっかりさんね」と片づけられると、銀花としてはいささか困るのだが、自室に勝手に入ってきて、人の将棋盤の下まで覗きこむような輩《やから》が、そんな親切心を出すことはまずない。

銀花は信じている。人の良心……ではなく、この場合は悪意を。

すぐ部屋から出るのも不自然だ。銀花は化粧台のほうへ向かい、さして崩れてもいない化粧と髪をちょちょいと直すと自室を出た。

戻ってくるころには、あの駒は無くなっていることだろう。銀花の相棒が回収し、そして銀花にも内容のわからない命令を遂行するはずだ。

ように見られた。

「お呼びと伺い参上しました」

「ああ」とも「うむ」とも言いがたい返事。それから、探るような目線で全身をまさぐる
銀花には数種類の上司がいる。まず女官としての上司、それから間諜としての上司だ。

その他にも、まあ何人か。

今相対しているのは、間諜としての上司のほうだ。付きあいはまったく長くない。相手の昇進という名の縁によって、上司と部下の関係になった相手だ。

銀花から見るとなよっちくて女心がまったく動かない相手だ。どれくらい動かないかというと、現状がちょっと不満なくらい。こいつと会うために、化粧を直したかたちになっているわけだから。

銀花の内心を知ったら、相手は不快になるだろう。だがおくびにすら出さなければ、思っていないのも同然。銀花はこの理屈で自己を正当化している。そして涼しい顔の裏で、勝手極まりなかったり、失礼極まりないことをしょっちゅう考えている。

「近ごろ……極《きょく》と泉源王府《せんげんおうふ》との間で、人の行きかいが活発になっている」

「なるほど」

　と、銀花は上司に相づちを打った。

「極」というのは、銀花たちの国・駝伽《だか》の宗主国であり、この国に強い影響力を持っている。疑う余地もない大国だ。

　極も近くにある駝伽を強く意識しているためか、先王の妃《きさき》に極の皇女を嫁がせている。

　また駝伽を含めた地方を管轄とする地方行政機関の長は、代々駝伽の王族が冊封《さくほう》される。これが「泉源王《せんげんおう》」である。

　属国の王と、宗主国の行政機関の王。同じ「王」でも意味あいが異なる。なお現在の泉源王は、駝伽の女王の兄が冊封されている。

　とはいっても、極とのずぶずぶの関係は、駝伽を富ませることになるとは、一概に言えない。

　駝伽王という独自の行政機関を持つ国の主《あるじ》と、極の行政機関の一端を担う長。

　これが同一人物ならば、難しい立場の狭間《はざま》で本人の胃袋がきりきり痛む以外の問題はそれほど起こらない。まったく起きないとは、口が裂けても言えないが……。

　けれども別個の人間が就いてしまうと、それとは比べものにならないくらい、問題が間欠泉みたいな感じで吹き出す。

過去には泉源王が駝伽の王位を簒奪《さんだつ》するということも複数回あった。まあこれくらいなら、ありそうな話が現実になったということでしかない。

だがそのうち一回は、ひどい末路が用意されていた。

なんと新駝伽王が、泉源王として治安維持を怠った責任を極から糾弾され、大金を極に納めることになったのだ。

どうしてそういう話になったのか、いきさつを知った今でも銀花には、わけがわからない……。

ただただ駝伽が泣きを見たという事実しか、わからない……。

ま、極が何を狙っているのかはわかる。

泉源王と駝伽という対立関係を維持することで、駝伽を潰さず、ほどほどに富ませ、それでいて離反させない、ということ。

実際極は、過去それをうまくやってのけているのだ。

だから、上司の言及は今さらといえる。極と泉源王の間の人流が絶えたことなんて、十年二十年遡ったとしてもないし、活発かどうかは誤差の範囲だ。

泉源王が駐留する泉源王府は、距離的にも極に近い。駝伽の王宮と国境の間くらいのところに位置する。なお極の帝都までは、国境からさらに距離がある。駝伽の王宮から極までの距離よりも、さらに。極の広大さが窺《うかが》える。

ここで大事なことは極から駝伽に何かが来る際は、必ず泉源王府を通過するということだ。駝伽と極の関係が断絶しないかぎり、泉源王府には極から常になにかが来ているということになる。

とはいえこの業界、命令に対する答えは「かしこまりました」か、「うけたまわりました」のどちらかである。

「極と……泉源王を探るように」

「かしこまりました」

そして銀花は、できる女として自負しているので、もう一歩先の内容を返す。

「泉源王の側女《そばめ》として、それはもう緻密に探って参ります」

「いや手段についてはまだ指示しておらん」

「ちっ」

「今舌打ちしたか？」

「？　いえ……？」

銀花はぱっと顔をあげた。

虚を衝《つ》かれた態度を、渾身《こんしん》のあどけない顔で後追いする。

上司は疑わしそうな顔を崩さないが、ごまかされてくれたのか、あるいは話を進めるほうを優先したのか、それ以上追及しなかった。

「そもそも『側女』という発想は、どこから出た？」

銀花はにっこり笑って小首をかしげた。

「わたくし、なかなか美しいので……」

「自分で言うか……」

上司の呆《あき》れ声は、銀花の面の皮に見事に弾《はじ》かれる。

「おそれながら申しあげますが、自分がどれくらいの力量であるかを把握しなければ、この仕事は向いておりません。もちろん顔面の力量も例外ではございません。そしてわたくし、王兄《おうけい》の側女になれるくらいの顔面力を持っておりますわ」

相手は「ふん」と鼻を鳴らした。

「仮にそうであったとしても、今回は違う役割で入りこんでもらう。王妃の衣装《いしょう》の刺繍《ししゅう》係としてな」

女官とはいえ、中級程度の者が、王族や高級官僚に下賜されることはけっこうある。よくあるのが夜の無聊《ぶりょう》を慰める云々《うんぬん》……の意図であるが、現在の駝伽王は女性ということもあって、贈る相手本人ではなく、その妻が喜びそうな目線で人員を選ぶ。

刺繍に秀でているとか、歌が上手《うま》いとか、踊りが上手いとか、お茶を入れるのが上手だとか、按摩《あんま》が上手だとか……。

後半になればなるほど女性だけではなく、男性でもふつうに嬉《うれ》しい技術らしく、各方面から喜びの声が上がっているらしい。

曰《いわ》く、「下賜された按摩の上手な女官を、夫婦揃《そろ》って娘のようにかわいがっています」とか。

曰く、「お茶をよく飲むようになったおかげか、家族皆健康になりました」とか。

皆が皆、下半身のことばかり考えているというわけではないのだ。

もちろん女官たちは下賜先に求められたら、性的な意味で仕えるようにと言い含められて送りこまれるし、実際手を出される例もあるのだが、逆に性的奉仕を目的とした女性を下賜された結果、王の手前断れないうえ、家庭に不和がはびこったという事態も過去にあったらしい。それに比べればこれはたいへんに平和で健全。

あんまり頻繁に下賜すると、手元の人員が減るのが問題なので、王宮では現在人材育成が喫緊の問題なのだが、それはともかく銀花は、女王のこの方針を「一芸下賜」と呼んでいる。

「なるほど、そこから王に見初められ、側女として抜擢《ばってき》される……という展開。より自然な感じが出ますわね。お見それいたしました」

ま、銀花は、それをよくわかっていてこんなことを言うのだが。

あえていかがわしいほうで受けとる銀花に、上司が「違う！」と声を荒らげた。

「だからなんで終着点を側女で固定しているんだ！」

「実益を兼ねられると思って……」

正直いうと、対象の泉源王は銀花の好み。顔も体も骨格がしっかりしているところが、たいへんによい……想像するだけで胸がきゅんきゅんする。顔立ちがちょっと神経質そうなところはいまいちだが、なに、顔なんて真っ暗な部屋の中で抱きあうと思えば妥協できる範囲。

上司が「ええ……？」と、なにやら引いた感じの様子を見せる。この国では線が細くて優しげな男性が美男子とされる。この上司もその一人。容姿がよくないと官吏にはなれないものだから。

が、銀花の好みではないし、女にもてて当然みたいな態度が鼻につく。

「お前は本当に天色《てんしょく》の一員なのか？　向いていないのではないか？」

「よく言われます。だから、意外にこの仕事が長続きしているのですわ」

銀花はホホホと笑った。

この駝伽国には、間諜《かんちょう》組織がある。表向きは隠されており、官僚の中でも上層部の者しか知らない。その中の一人が長となり、命令は基本的にそこから発せられる。

名前は「天色」。

なお意味は「お天気」とか「時刻」くらいのもの。

大それた由来とか思い入れなどはそこにない。とはいえ「誰かが耳にしても怪しまないように」という親切設計な観点で名付けられたので、決して適当に決められたものではない。少なくとも大昔に名付けた当事者（誰なのかは銀花にもわからない）は、頭をひねったはずである。

が、時は巡って現在。所属している当人たちが笑いの種にする程度には、緊張感のない名称である。

代々の王にしても、彼らをあまり使うと「最近の殿下、やけに天気を気にされるな……」という目で見られるので、なんとなくこの名前を嫌がるのだとか。

特に即位から間もない時期だと、他意なく天気を気にしただけなのに天色を動かしそうになって焦る……というしょうもない事故が必ず起こる。現在の女王も一回やらかしたことがある。こうなると、親切設計とはいえない名称なのかもしれない。

とはいえこれは、気をつければ済む話。

だから関係者の中でこの名前を好いている者は誰一人としていないが、誰もが今後もこの名前だろうなと思いながら過ごしている。

関係者の一人である銀花も、もちろん。

上司を適当にあしらってから自室に戻った銀花は、盤の下の駒が消えているのを確認し、なにを持っていこうかと思案しはじめた。それほど多くのものは持っていかないが、建前上、愛用の刺繍道具くらいは持っていかねばなるまい。

もっともこの「愛用の刺繍道具」、何度か放棄して脱出する羽目になっているので、もう何代目のものかは自分でも覚えていない。

そしてため息を一つ。

「けっこう今の立場気に入ってたんだけどな……」

誰に聞かれても、どうとでもとれる内容でぼやく。が、これはなにかのはったりなどではなく、本音である。

女官の下賜という形で王宮を出ていってしまうからには、女官として戻ってくることは難しいだろうなと銀花は思っている。

上司にもさっき言ったが、自分の見目はかなりいい。

つまり、人の記憶に残りやすい。

上司に「向いてないんじゃないか？」と言われたが、銀花は正直そのとおりだと思っている。言われていい気分であるかは別として。

仮に名前や身分を適当に作って戻ったとしても、「あの人、前もいた○○さんじゃない？」なんてことになる。小細工でごまかせる範囲は限られているし、王宮に勤めている女官は総じて有能だ。なにより異性相手ならごまかせても、同性相手では無理……という機微は、男性女性問わずよくあることだ。

次の任務に就くとしたら、年単位で外国に飛ばされるかもしれない。

それも生きてこの仕事が終わればのことだが。

「康《こう》夫人、入っても？」

部屋の外からさっきとは違う上司——女官としての上司が、銀花の偽名を呼んでいる。

泉源王へ下賜される話についてだろう。彼女は銀花の天色としての立場を知らないが、もし銀花が名前を変えてしれっと戻ってきたら、いろいろと察してしまうだろう。

この人が無能だったら銀花にとっては扱いやすかったのだが、それはそれとして上級女官が無能だと女王にとって有害なので、なかなかに困るところだった。

「どうぞ、お入りください」

※

三日後の銀花は他数名の女官とともに、馬車に揺られて旅をしていた。

仲間たちは王宮からいきなり異動させられたことについて思うところがあるようだ。わくわくしているような感じの娘もいはしたが、時間が経《た》つにつれて乗り物酔いで暗い顔になっていった。

銀花もたいへんだなあ……という顔を作っているが、「やっぱり女官って立場は便利だなあ」と、気持ちのうえでは現状に対して肯定的な状態。

移動に馬車を使わせてもらえて、ついでにある程度の護衛もつくのだから、たいへんに快適だ。

過去にいろいろと……移動だけでもしんどいあれこれがあったのだ。いろいろと……。仕事だから文句とかはないけれど。

銀花がそんなことを考えていると、一人が嘔吐《えず》きはじめた。

銀花は慌てて御者に声をかけて、馬車の歩みを緩めさせる。閉鎖空間で吐かれると、もらい吐きを誘発して地獄的様相を呈してしまう。せっかくの快適さが台なしだ。

「康夫人は、旅慣れているのですか？」

そんな相手への優しさ二割、自分の都合八割ぐらいの気持ちで背中を撫《な》でてやっていると、他の者が質問してくる。

いきなり髪型の話になるが、未婚女性は髪の毛の上半分を結って、下半分は肩に垂らす。既婚女性はすべての髪を結いあげる。沐浴《もくよく》と睡眠時以外はめったにほどかない。

馬車での旅の中、楽なのは前者の髪型であるが、今ここにいる中でいちばん元気に見えるのは後者の髪型をしている銀花である。

娘さんたちにも、なにかしら察するところはあるのだろう。

「ええ。亡くなった夫の異動についていったことがあるもので、ね」

ちょっと寂しそうに笑って言うと、相手は「まずい」という態度をあからさまに出して、「そうなんですね」という相づちで話題を打ちきった。

追及しにくい空気を出したのは自分だが、突っこまれても特に困ることはないので、ちょっと肩透かしな気分になった。

銀花は、特に嘘《うそ》をついていない。夫がいたのは事実。もう死んでいるのも事実。異動についていったのも事実。

結婚自体が偽装ではあったけれど。

悪い相手ではなかったよなあ、と銀花は名目上の夫を思いだす。仕事仲間としてはよき相手だった。顔はあまり好みではなかったけれど、仕事上必要があるならまったく抵抗なく同衾《どうきん》できる相手だった。幸か不幸か機会はなかったけれど。

「もう、大丈夫です……」

銀花が背中を撫でていた娘が、ぜんぜん大丈夫じゃなさそうな感じの声をあげた。

「あら、そう？」

「ありがとうございます」

しっかりした娘さんといった風情であるが、さてどう応じるべきかと……銀花はちょっと悩む。いちばんいいのは、馬車を止めてもらうことだが、規定日までに到着しないと自分たちも護衛も罰されるので、それも難しい。

「なら少し目を閉じて。私に寄りかかっていなさいな」

「え……」

ためらう風情の娘に、銀花は自分の膝をぽんと叩《たた》いて言う。

「それとも、横になったほうが楽かしら。膝を貸しましょうか」

「いえ……寄りかからせていただきます」

左肩にためらいがちに重みがかかる。

「あなたたちは大丈夫？」

他の女官たちもためらいがちに頷《うなず》いた。

ここにいる女官たちの中で最年長は銀花だ。年功序列に厳しい国なので、自然と銀花に場の主導権が渡る。

自分が年下の立場のときは、年上の人間がいると面倒くさいと思っていたが、逆の立場になるとこれはこれで面倒くさいなと銀花は思った。

ガタン、と馬車が揺れる。その拍子に自分の肩から娘の頭が落ちそうになり、銀花は右手で押さえた。彼女はいつの間にか眠っていたらしい。

※

出迎えの中に顔見知りがいた。王宮の女官だった女性である。

「やだあ、お久しぶりい」

なにがやだあなんだか言っている銀花自身もよくわからないが、この前置きがあるかないかで、受ける親しみはかなり変わる。

自他共に。

なぜか言ってる本人である銀花も、相手に対して心の距離が妙に近くなっている気がする。面白いことだ。

相手も「ええ～、お久しぶり～」と気安げに銀花の手をとった。相手のその手指の美しいことといったら！　特に爪の形が美しい。

女官になるからには、容姿の美しさも要求される。眼《め》の形だとか、歯並びだとか、残酷なまでに審査されるため、この女性も当然美女のくくりに入る。

それなのに彼女の顔よりもまず手に目がいくのは、相当なものだ。

「案内役はあなたなの？」

「ううん、わたくしはただのお出迎え。同じような立場の人間がいたほうが、馴染《なじ》みやすいだろうということで」

同じような立場――彼女もまた、女王から泉源王に下賜された優れた人材であるということである。

女王の一芸下賜はよくあることだ。それどころか、泉源王相手にもっとも発動しているので、「ああはいはいまた来たのね」という雰囲気が馬車から降りた銀花たちに向く目に漂っている。

緊張していた銀花以外の娘たちは、ほっとしたような、がっかりしたような微妙な様子である。冷たい目線を向けられるより、はるかにましなはずなのだが。

忍びこむ側の銀花の立場からいっても、怪しまれることはない点、快調な滑りだしが期待できそうだ。

「久しぶりに主流の技術者が来るって話題になってるわ」

「主流、ねえ」

銀花は苦笑した。

最近の女王が、どんどん隙間産業的な人材選びに走っているのは事実。

その好例がこの同僚――爪のやすりがけが上手という理由で泉源王に、というか王妃に下賜された人物だ。

それに比べれば刺繡《ししゅう》は主流といえば主流である。だがそれを爪のやすりがけ名人本人に言われると、どういう表情を作るべきなのか銀花もちょっと迷う。

「王閣下はお礼に、井戸掘り名人を献上するらしいわ」

この場合の王というのは泉源王のことだ。女王は陛下ではなく殿下、泉源王は陛下でも殿下でもなく閣下の尊称をつけるややこしさは、すなわち駝伽と極の関係性のややこしさといっても過言ではない。

それはともかくとして、井戸掘り名人の件はふつうに女王が喜ぶやつなので、名人におかれましては女王の許《もと》でご活躍いただきたいところ。

こちらにいる名人（爪みがきのほう）とはその後すぐに別れたが、案内に来た人物はこれまた別途下賜された者だったので、笑うしかない。

なんなら、王宮で仕事をしたことがある人間何人かと再会して、楽しく世間話するくらいである。こうなるとうちとける、うちとけない以前の問題で、王宮の派出所に来たくらいの気持ちになる。

楽しくおしゃべりしたあと、銀花は割りあてられた部屋に案内された。

起居する部屋は、狭くはあるが一人部屋だった。これは破格なことだ。銀花一人についていえば王宮にいたときから個室であったが、ほかの娘たちも同様であるあたり、女王からの下賜品を大事に扱おうという姿勢が見える。

案内の者が去ると、銀花は真っ先に鏡台に向かった。ありがたいことに化粧箱が備えつけられている。蓋を開けると、一通りの道具のほか、将棋の駒が一つ入っていた。

王宮で銀花が、将棋盤の下に押しこんだはずのもの。

そしてそこから消えうせたはずのもの。

銀花はそれを見ても眉一つ動かさなかった。驚くようなことではない。これがここにあるということは、銀花の頼れる相棒がすでに潜入に成功しているということだ。

——さて、今回も足をひっぱらずに仕事をこなさなくちゃ。

銀花はそう思いながら、荷物の中から化粧品を引っぱりだす。手のひらにおさまるくらいの小さい器に紅、それよりは大きい器に白粉《おしろい》。道具はともかくとして、これぱっかりは自分で用意するしかない。

それに今回銀花は相棒とのやりとりにおいて、これを符号として扱う。前者は王妃、後者は王を示す。

あらかじめ決めておいても特に活用できないまま終わることもあるが、さて今回はどうだろうか。

そんなことを思いながら、銀花は手早く着替えて寝台に転がった。

銀花は翌日からいきなり働くことになっている。休養をとるにこしたことはない。

下賜品として大事に扱われたとしても、しょせんは雇人なので。

といっても銀花を含め、来た者たち全員異論はない。使わなければ使わないほど技は衰える。

手元でできる作業であるという強みを生かし、皆道中いろいろなものを刺していたので腕は落ちていない自信はあるが、これを目的に頑張っていたわけではない。

この旅で銀花は、刺繡って最高だなという念を改めて抱いた。なにがいいって、話題に困ったときはこれに没頭していたら、なんとなく許される空気になる。

これはなんの役にも立たない豆知識だが、個室に四人詰めこまれて長時間放置されると、話すことがすっからかんになる。

それが別に苦にならない銀花だって、苦になる人間複数名と同席していたら歩調を合わせるしかない。一人だけ常に明るく盛り上げたところで悪目立ちするわけで、それは本意ではなかった。

旅の最後のあたりなんて、起きているほとんどの時間は四人無言で針・糸・布と向きあっていた。会話があるにしても、ほとんどは刺繡の技法について。

そんな銀花たちを、たまに護衛の兵士が感心したように見ていることもあった。間違いなくなにかを誤解されていた。もちろん銀花は、わざわざその誤解の内容を確認したり、ましてや正したりはしなかった。

早朝の針子部屋にはまだ誰もいないようで、銀花は部屋の前で自分の針箱を抱えながらぼんやりと待った。格子戸の隙間から、棚にしまわれている布や、刺繡途中の布が見える。綺麗《きれい》だな……と思いながら眺めていると、背後から声をかけられた。

「おはよう。早いわね」

振りかえると昨日紹介された責任者が、にこやかな笑顔を向けていた。

「なにやら気が急《せ》いて……」

「いい心がけだわ」

そう言いながら責任者が針子部屋の鍵をあける。作業時間以外は施錠されているのだ。これは王宮でも同じだったから、特に厳重というわけではなかった。

布も糸も貴重なものだから、盗難されると困るのだ。どこにでもある話だが、他の者を妬んで夜中にこっそり刺繡を台なしにするなんてこともあるので、その点でも必要な措置だった。

「なにか、あなたが刺した物を見せてもらえる？」

「ええ、道中暇だったものでいくつかありますの。まずはこれを」

銀花は手巾を差しだす。責任者が目を輝かせた。

「あら、素敵……」

手巾を銀花に返すと、彼女は部屋の奥へついてくるようにと手招きする。

「先にあなたには見せておこうかしら」

責任者が棚にしまっている布を引っぱりだし、ああだこうだ説明してくれる。

それがひととおり終わったあと、銀花の同行者たちがやってきた。

「康夫人は先にそちらを」

と言いおき、責任者が三人の娘たちに向きあう。

銀花は「そちら」と言われた図案と布を手にとり、思案した。

最初は力試しに靴やら手巾やらを刺すことになるかと思っていた。だが、渡されたものは明らかに大物。初っぱなからこれとは……。

刺繡で下賜された人材であることと、今しがた見せた手巾のできばえを加味しての差配なのだろう。

針子としては腕を買われて嬉《うれ》しい話であるが、間諜《かんちょう》としてはちょっと誤算だった。集中しすぎると本業のほうがおろそかになってしまうから気をつけねば、なんてことを思いもする。

とはいえ銀花がまずやらねばならないことは信用を得ること。そのために必要なことは、当面は真面目に働くことだ。

ならばこの刺繍に集中したとしても、なんの問題もなかった。

一方、銀花が先ほど見せられた布を前に、娘たちは静かではありつつも、興奮を消せないようだった。

「すごいわ、極からの賜りものですって」

泉源王は、駝伽の王族出身の極の高官ということになるため、彼の手元には極の文物が直接入ってくる。今目前にある反物や書物のような、実際に手に取れるものはもちろん、建築だったり芸術だったりと規模の大きいもの、概念的なものまで。

「こんなに気軽に触れるなんて……さすが、泉源王府。こんないい物が直接入ってくるのねえ」

駝伽の若い娘にとって、極は流行の発信地という認識を持つ者が多い。彼女たちもまた例外ではなかった。

「やっぱり、流行のものは泉源王府に集まるのね」

ここに来る際、落ちこむ者もいれば嬉しそうな者もいたが、後者は十中八九その認識持ちの娘である。流行のものに触れる機会が多くなると期待し、それが叶《かな》ったわけだ。前者であったはずの者も、今はなにやら嬉しそうである。

「康夫人、もうご覧になりましたか？」

「ええ、先ほど。すばらしいですね」

無邪気な少女たちに、銀花は顔を上げて笑みを返した。

娘たちには、この事実の背景にある生臭さを理解するのは、きっと難しいことなのだろう。

彼女たちを物知らずと、馬鹿にすることは銀花にはできない。

教えられていないものを、「なぜ知ろうとしなかったのだ」と思うことは簡単で、一理も二理もあって、けれども銀花はそういう状況に陥ったときのやるせなさ、理不尽な気持ちを知っている。

たとえば、先王妃《せんおうひ》の境遇について。

彼女は、銀花にいろいろなことを教えてくれたが、自分自身の扱いについてはその口から発することはなかった。だから銀花が、自分で知ろうとしなくてはいけなかったのだ。

もっとも、銀花一人が知ったところで、その状況を左右できはしなかったのだが。

それはともあれ。

駝伽で作られたものよりも薄くて目が詰まり、なによりも色鮮やかな絹織物《きぬおりもの》――こんなのどうやって作るのだろうと、銀花ですら興味を持ちはするのだ。

「あら、王閣下がいらっしゃるのね」

王妃のもとにでも行くのだろうか、先触れの声が聞こえる。

娘たちが極の布から手を離し、自分の持ち場につきはじめた。ただしちらちらと窓の外を見ている。そそくさと髪のほつれを直すものもいる。

わかる、見初められたいよね……なんて、銀花は内心猛烈に頷《うなず》いた。

が、泉源王の姿が窓から見えたとたん、娘たちは水を打ったように落ちつき、刺繍《ししゅう》に没頭しはじめた。

わけがわからない。いい男なのに……と銀花は思いながら、自分も王をしっかり見るのを我慢した。

しかし一瞬垣間《かいま》見《み》た、陽光の下のがっちりした骨格もなかなかよかった。周囲に線の細い宦官《かんがん》たちがいると、体格のよさが際だって見える。よだれが出そうだ。

さて、と銀花は図案を再度じっくりと眺める。今日刺繍するのはこの細密な草花。布地は鮮やかに、糸の色は穏やかめに仕上げるのは極風だ。

――これを、駝伽風に濃い色で仕上げると、どうなるだろう。

図案自体は無彩色であるため、糸の色選びは刺す人間の裁量に委ねられる。

個人的には冒険してみたい。

そしてちょっと夢想してみたりもする。あえて主流から外れた行いをすることで、新たな美を創りだしちゃったりして……それで、王妃に「まあ、これは素敵！」なんて言われちゃったりして……。

やらないけど。

今銀花がやらなくてはいけないことは、王妃に目をかけられることではなく、誰の目にもつかず場に溶けこむことである。

それに泉源王妃は多分、そんなに見る目はない気がする……というのが、銀花の所感。指定される刺繍の図案はどれも、「いかにも極風です！」という主張が激しい。王妃は流行を追いかけはしても、自分が流行を作りだすほどの器量はないと見た。

誰かに目をかけられるためには、その「誰か」に相応の力が備わっていないといけないので、どのみち頑張っても無駄。

――なんとなく、王妃のこと好きじゃないなあ……。

銀花はそう思いながら、薄黄の糸を手にとった。無難に、無難に仕上げげと、神妙な心構えで。

泉源王が結婚したのは二年前のことである。

彼が結婚したとき、銀花はそれはもうがっかりしたのである。嫉妬というほど鋭くも強くもない感情だが、あこがれとときめきを向ける人が、他の女のものになってしまったという、じわじわと圧迫されるような悲しみがあった。ちょうど仮初めとはいえ夫を喪《うしな》ったところだったので、落ちこみやすい心境だった自覚はある。

彼の結婚はそれはもう、揉《も》めた。

極からの圧力、駝伽……というか女王側からの斡旋《あっせん》、家臣たちからの突きあげ。

あと本人の思惑も絶対ある。

異母妹である女王がすでに五歳の子持ちであるのに、年上の泉源王は長らく独身であった。これは女王への忠義立てか、あるいは逆に女王への反発によるものか……なんてことを、陰謀論好きはよく語る。

銀花の私見としては、案外周囲がうるさすぎて本人が嫌になってたんじゃないかしら……というところ。仮に当たっていたとしたら、これだって思惑といえば思惑である。もちろん銀花の考えに根拠はない。

そんな彼が花嫁として選んだ現王妃は、美貌とかで見初められたわけではなく、消極的な理由で残ったんだろうなあ……と、陰謀論好きも思う感じの女性。

極側も、駝伽側も、まあ彼女なら……と積極的に賛成はしないが、特に反対もしなかった女性。

駝伽の先王に仕えていた高官の孫娘で、正妻腹ではないが、生母が極の官吏の娘……本人の人品とかではなく、彼女が持っている記号や属性の組みあわせで決まったといっても過言ではない。

実際、これらの情報からは王妃本人の人となりは見えてこない。まだ刺繍の図案から垣間見える、「極からの流行に振りまわされる女性」という要素のほうが、銀花にとっては人間味を感じるというものだった。

その日銀花は、仕上げた刺繍で大いに褒められた……なんてことはなかった。

その日のうちに終わるわけがない。刺繍なんてただでさえ時間がかかるもので、大物を手がけるとなれば、週どころか月単位で時間を要することだって珍しくない。

それが終わるころには、ちょっと気が緩んだ感じのところも、周囲に見せてもいいだろうと思っている。

月がない夜だった。銀花が泉源王府でこんな夜を迎えるのは、三回目である。

牢屋《ろうや》の奥、鞭打《むちう》たれる者が一人。駝伽から送りこまれた間諜である。

銀花は思った。なまぬるい、と。

他人事《ひとごと》のような感想であるが、実際他人事である。鞭打たれているのは銀花ではない。銀花と一緒にやってきたお嬢さんのうちの一人だからだ。

で、銀花はそれを、物陰からただ見ている。

見ているだけ。

拷問の様子をしっかり観察して、出した結論。

——やっぱりこれ、泉源王は関与してないな。

彼がちゃんと指示して拷問したならば、こんな「とりあえず痛めつけよう」という意図一辺倒のことなんてしない。

まるで見てきたかのような発想……というか、銀花は実際見たことがある。

あれは亡夫に連れられて、泉源王の膝元まで来たときのことだ。

「ちょうど面白いことやってるから、見せてあげよう」と言われてほいほいついていったら、泉源王の居城で極からの間諜《かんちょう》が拷問されていた。

なかなかできない体験だった。なにせ銀花も亡夫も、別に許可を得て拷問を見学したわけではない――こっそり忍びこんでいたから。

泉源王の居城に忍びこんだ極の間諜の拷問の様子を、忍びこんだ駝伽の間諜がこっそり見ている。

それは極と駝伽の関係、そして板挟みになる泉源王というものの縮図を体現しているようだった。

これで自らの立場に疑問を持つようだったら、銀花は今頃間諜を止めているか生きることを止めているかのどちらかである。

だから、夫とこんな会話を交わしたし、それを今思いだして「懐かしいな……」なんて感慨にふけってもいる。

「あれは皇帝の間諜じゃない。多分親王の誰かが送りこんできたな。それで遠慮なく捕まえたんだろう」

「なるほど」

「あ、挟み棒だね。あれはいいね、ほら棒の間が狭《せば》まって……」

「あれ痛いのよね……」

「でも君、この前よく頑張ってたよね」

「照れる。でもそれ、あなたが鍛えてくれたからよ」

「ええ？　私も照れる……あ、あの人、力加減うまいな」

「ほんとだ、折れる手前って感じ。あの人、指挟ませてもうまいと思う」

「それは否定しないけど、私は指をなんやかんやするより、挟み棒のほうが拷問の手法としてはいいと思うんだ。指とかだとすぐ砕けてしまうから、力加減が難しいし」

「刑罰向きかな」

「もちろん刑罰の手法が拷問に取りいれられるというのも、逆もあるけれど、でも忘れてはいけないのは『共通点はあったとしても、拷問は刑罰そのものではない』ということなんだ」

「今日すごく語るねえ」

「おや水が出てきた。あれは……」

呑気《のんき》に話せたのは、もちろん小声だったからというのもあるが、拷問を受けている人間が激しい悲鳴をあげていたので、ちょっとやそっとの音を出しても、気づかれそうになかったからである。そのぶん、自分たちに誰かが近づくのもわかりにくかったので、そこだけは気を張ったなあというところまで思いだし、銀花はふと空を見上げた。

ふわりと微笑《ほほえ》む。

あの日もこんな、いい天気だった。

繰りかえすが今日は新月だ。だが銀花の価値観でいえば、月のない夜はいい天気なのである。

今日はちょっと亡き夫のことでも考えながら、自室に戻ろう……銀花はそう思いながら、踵《きびす》を返した。捕まった相手を助けようなどとはまったく考えず。

銀花は泉源王のことを白だと思っているが、それはそれとして別の問題はあるし、急いで確認やら報告やらしなきゃならんぞとは思っている。ただそれは、捕まった人間を助けるかどうかとはまったく関係ないのだった。

自室のある棟まで戻り、中に入ったところで爪のやすりがけ名人とはちあわせした。

銀花は慌てず騒がず……なんてことはせず、わざと「ひゃあ」と声をあげた。

向こうも「きゃっ」と悲鳴をあげて、手燭《てしょく》を落としそうになった。

自分から仕掛けたこととはいえ、銀花は少しばかり焦った。火事、絶対だめ。

「なになになんなの？　暗いところにいきなり〜」

「びっくりした〜！　ねえ聞いて、厠《かわや》に行く途中で火が消えちゃったあ」

相手が「あら」と言って、窓のほうを見る。なんの光も差してこない。

「こんな夜に災難な……」

「ほんとよもう！　途中道に迷うし！」

銀花の（わざとの）憤慨を真に受けた相手は、思案げな顔になった。

「お水飲むのやめようかな、今日厠行きたくなったら困りそう」

「ああ、喉渇いてたの」

「そうそう。月がない夜ってこれだから嫌だわ」

「そうねえ、もう尿瓶《しびん》買おうかしら……」

銀花の適当な思いつきに、相手が意外に食いつく。

「いいわね、私も欲しい。でもちゃんとしたのってけっこう高いわよねえ、あれ。極のしかないから」

銀花がひたすら刺している布しかり、今話題にした尿瓶しかり。最先端の技術は、やはり極にあるのだ。

「でも泉源《こ》王府《こ》だと、ちょっとは安く手に入るとか……そういうおいしい話ってない？」

今、銀花たちがいるこの地――というか王府は極の飛び地のようなものだ。土地自体は駝伽にあるが、実質極にあるようなものだ。そもそも駝伽自体が極の支配圏域であるという事実と併せて考えるとなかなかややこしいところであるが、駝伽の中でも特に「極の支配下にある」という認識が内外共通で強い場所である。

「ないない。ふつうに税金分上積みされるわよ」

が、こういう点についての優遇はあまりされないらしい。

「残念……部屋に戻る前に火ちょうだい」

「いいわよ」

爪のやすりがけ名人の手燭から火を移させてもらい、銀花はさっさと自室に戻って寝た。


翌朝。

銀花は身支度を調えたあと、将棋の駒を取りだした。この化粧箱に、いつの間にかあったあの駒だ。

化粧箱の中に入れた。王妃のことを示す紅の器の下に敷くかたちで。

蓋は軽く開けておいた。

「あら、今日一人足りないわね。どうしたの？」

しれっと針子部屋に出勤した銀花は、これまたしれっとした顔で尋ねる。どうしたもなにも、彼女は今牢屋の中である。

曇った顔の娘たち二人が顔を見あわせる。

「それが……お父上が亡くなったそうで」

「まあ……それで急に発《た》たれたの？」

「だ、そうです」

「仕方のないことではあるけれど、なにか持たせてあげたかったわ……」

「わたくしたちも、そうしたかったのですが……」

この三か月で、親しくなった娘たちがしょんぼりしている。慰めのために、銀花は頭を撫《な》でてやった。

かわいそうなことだ。親しくなった友人がいなくなるうえに、来週あたりには先輩の康夫人の遺体が発見されるのだから。

銀花はこの日、任された刺繍《ししゅう》をようやく仕上げた。

可もなく不可もなく。

特にお褒めの言葉なんてものはなかったが、罰されるようなこともなく、銀花は次の図案を渡された。

この仕事がきりよく終わったのは気分がいい、と内心思いながら自室に戻る。

そして銀花は、将棋の駒がなくなっているのを確認しようとして、手を止めた。紅の蓋は閉まっている。これはいい。

入れていた櫛《くし》の向きが変わっていた。先端につけていた飾りが、駝伽の王宮のほうを向いている。そして歯が一本折れていた。朝使ったときは、そんなことなかった。

つまりこれは、相棒からの伝言だ。

――そう来るか。

これは昨日、鞭《むち》でしばかれていた彼女を助けださなかったせいかなあと思いながら、銀花は静かに化粧箱の蓋を閉めた。


で、現在に至る。

現在、銀花が拷問を受けている最中である。

適当なご遺体を使って死を演出した後、銀花は泉源王のもとから脱出し、王宮に戻った。

もちろん死んだ康夫人としてではなく。で、上司に泉源王は白ですと報告したところで、裏切り者と言われて捕縛されたのである。

わけがわからない……ということもない。理屈はわかる。

もうちょっと先の説明まで聞いてほしかったけど。

銀花は床に転がり、浅く息を吐いた。鉄鋲《てつびょう》を打ち込まれた爪の間が、痛いを通りこして熱いったらありゃしない。

もぞりと頭を動かすと、血とぶっかけられた水とでべったりと貼りついた髪の毛が、ずるりと首筋をなぞった。

快さとは真逆の状態であるが、まあまだいける。

――このあと、どうなるだろう……。

という考えは、死への不安によるものではなく、拷問を受けつづけてなお復帰した場合のことを想定してのものだ。

個人的には、鼻を削《そ》がれるのは嫌だなと思っている。悪目立ちするから、今後どこかに潜入しづらくなる。

――あ、でも、貞節を守るために自分で削いだっていう言いぶんだと、これはこれで使えるかも。

夫に先立たれた美女が、再婚を拒むために自分の鼻を削いだという物語は、美談として世に流布している。年単位でどこかに潜入し、そこの人間の好感を集めることを目的とするならば、鼻がないのもありかもしれない。

――そうなると、むしろ半端に指とかもがれるほうが嫌かもしれない。

銀花は、自分の体のどの部分が無くなると、今後の仕事に差しさわりが出るか、それをどのように補えばいいか、考えにふけりはじめた。時間はこれでいくらでも潰せる。

拷問で死ぬことは心配していなかった。拷問を受けていてわかる。拷問吏はきちんと仕事をしている。亡夫がこれを見ていたら、高評価をつけるのではないだろうか。

いたぶることが目的ではなく、情報を聞きだすためのいたぶりだから、死なせないようにしつつ痛みや恐怖を与えることがたいへんお上手である。泉源王のところで見た、やたらめったら鞭で打つ奴に勉強させてやりたい。これが拷問なんだよ、と。

そして向こうも銀花のことを玄人だとわかっている。ずっと口を割らないならともかく、どうでもいい、かつ真偽を確認しにくい情報を小出しにしているぶん、「さっさと殺害したほうがよい」と上に進言したり、思いきって痛めつけたりもできず、ずるずると拷問を続けている。

今銀花と拷問吏の間では、激しい駆け引きが繰りひろげられている。痛さとか不愉快さとかを考えなければ、けっこう楽しめている。

——死の恐れがあるとしたら……。

床に押し当てた銀花の耳が、足音を拾った。銀花は目を上げた。顔にかかった髪越しに牢《ろう》の格子を見やる。髪を払うにも、指が痛いので横着した。

それにどうせ、見て楽しい顔でもない。

「まだ吐かないか」

「はっ」

銀花の好みではない上司が、不愉快そうに吐きすてた。一歩後ろに控えている拷問吏は、肩身が狭そうにしている。そんなことないよ、その人いい腕してるよ！　と言ってやりたいところ。

「お前みたいなのは、真っ先に口を割ると思ったのだが」

お前みたいなの、というのは保身最優先だということだろうか。そういうふうに見える、ということについて銀花は否定できない。

ただ、それだと言い分がちょっとおかしい気がする。

逆に「泉源王が黒です」と口を割ったら、そこで用済み、殺害ということになるので、ちょっとでも長生きしたかったら今みたいにどうでもいい情報を小出しにするほうが、保身ということになるんじゃないかと、銀花は思うのだが。

「まあもういい。泉源王のところから戻ってきたお前の首があれば、じゅうぶんだろう。殿下に泉源王を糾弾するよう奏上する」

なるほど、銀花を泉源王からの間諜《かんちょう》として仕立てるというわけか。公的に泉源王府に入った者が、こっそりこちらに戻ってきているという事実は、確かに疑わしいものだ。塩漬けとかではない落としたての首があれば、説得力も多少は増すだろう。

――いや、どうだろ……。

説得力増すかな？　まずは、捕らえて御前に連れてこなかったことを怒られるんじゃないか？　と自問しながら、銀花は床につけた耳に意識を傾ける。

また、足音。

「それは困るな」

牢屋には似合わない、朗々とした声が響いた。

「泉源王を陥れようとするのは今のところ困るし、やり口がずさんなのはもっと困る。国益に沿うならばお前の策に乗ってもいいところだが……どうにも泥船だな。極に突《つ》かれたら、あっという間に崩れて沈みかねん」

「は、殿下……」

兵を率いた女王が、せせら笑いを浮かべて現れた。

目鼻立ちがくっきりとしすぎて、いささか猛々《たけだけ》しい感じのある彼女は、この国の基準だと美女とはいえないが、迫力はある。それが深夜も深夜だというのに、衣装は簡素ではあるものの、ばっちり化粧を決めている。おかげで威厳満点。

もちろんこの風体、彼女一人で整えられるわけがない。女官の皆さんお疲れさま……と、銀花は内心で元同僚たちをねぎらった。

これがぼさぼさの髪に適当な服とかで現れたのなら、上司ももうちょい早く気を取りなおして抗弁もできたのかもしれない。だがいきなり完全体の女王が現れたという驚きから立ちなおれないまま、うろたえて二歩、三歩後ずさる。

やっぱりね、見た目って大事、と銀花は思うのである。

「それを捕らえろ。そしてその女を解放しろ」

女王が拷問吏に命じる。

「御意」

牢に入ってきた彼が、とりあえず指の鉄鋲を抜きはじめた。いってぇと思いながら、銀花はされるがままにしている。

「立てるか」

それには答えず、銀花はよろよろと立ちあがった。拷問吏が手を貸すために屈《かが》み込んだ瞬間、少し伸び上がって耳元で囁《ささや》いた。

「あなた、いい腕してるわ」

向こうもこちらの声には反応しなかったが、一瞬合った目が「お前もな……！」と語っていた。

そんな気がする。

銀花は拷問吏の手をそっと離し、女王に近づいて跪《ひざまず》く。

「殿下にご挨拶申しあげます」

「お姉さま。妹とよんでちょうだい、いつものように」

ふだん言わない口調で言われ、思わず吹きだしそうになってしまった。

そんなふうに、呼んだことない。お姉さまと呼ばれたことは、何度かあるけれど。

「は!?」

上司のうわずった声が聞こえる。この反応を見たかったのだろう。しょうもないいたずらをする人だ。

女王は屈みこんで、銀花を立たせ、衣装が汚れるのも構わず、肩を抱きよせた。上司に見せつけるように。

「この女はわたくしにとっては、乳母の娘にあたる。要は乳姉妹《ちきょうだい》だな。わたくしがこの世でもっとも信用している相手だ」

銀花にしてみると、嬉《うれ》しさより、あ、それ言っちゃうんだ……という気持ちが強い。

他に人目もあるから、あんまり公言してほしくなかった……と思ったが、考えてみれば今の銀花は顔面は血まみれで、髪の毛がべったり貼りついているので、まあ問題ないだろう。名前は口にされなかったし。

拷問吏は元の顔知っているけれど。

「お前も知ってるだろう？　わたくしがどのように育ったか。その幼少期を共に過ごした相手だ」

なんのことはない。女王は幼少期冷遇されていて、乳姉妹である銀花はそれと一緒に育ったというだけのこと。彼女の人生の苦楽の、特に「苦」をもっとも多く共有している立場だ。自覚はある。

「で、お前とこの女、どちらを信用すると思う?」

「……殿下、もしかして少しお怒りでしたか?」

やたら挑発するような物言いの女王の耳に、銀花は囁いた。

女王は軽く肩をすくめる。図星だったらしい。

「それで? お前は泉源王についてどういう報告をしたのだ?」

女王からの問いに、銀花は一つ頷《うなず》き、上司に対して告げたのと同じ言葉を返す。

「現状では泉源王に叛意《はんい》はなしと見ております」

「臣《しん》めはこの国のために、この国に食いこんだ極の影響力を取りのぞこうと!」

銀花の言葉尻にかぶせるように、上司――そろそろ元上司と言ってもよさそうな気もする――が絶叫する。

「馬鹿め。泉源王を廃することと、極の排除は同義ではないわ」

それはそう。

ほんとそう。

極だって一枚岩じゃないわけで、だから泉源王も極からの間諜を拷問する、なんてことをやったりしている。

「お前の罪は冤罪《えんざい》をかけようとしたことではない。そのあたりのこともわからぬまま、ずさんな謀《はかりごと》を企ておって……」

今回みたいなやり口で泉源王を引きずりおろしたら、駝伽が極の行政機関に勝手に干渉したとして、どんな無茶をふっかけられることか。

銀花にだってわかることだ。なのに自分より頭のいいはずの元上司がどうしてわからないのだろう。

それに泉源王が失脚したとしても、極が女王を泉源王に冊封《さくほう》することはないだろう。あるとしたら、一人しかいない。

そしてその可能性を考えると、女王が怒るのも無理はなかった。

「極の腹から生まれた女が！」

引きずられていく元上司が捨《す》て台詞《ぜりふ》を叫んだ。ああ、あいつかなり苦しんで死ぬなと、銀花は彼の近い将来をほぼ正確に想起した。

「後は任せた」

そう言って女王は、銀花を連れて牢屋を出る。

「どれ、軟膏《なんこう》を塗ってやろう」

「それくらいで治る類《たぐい》の傷ではありませんがね」

爪の間の傷とか特に。治るまでしばらく安静にしなくては。

「思ったより元気だな。減らず口をたたける程度には。軟膏を塗らなくても治るのではないか？」

「そうかもしれませんが、せっかくのご厚意。甘えたいと思います」

しれっと言うと、女王はふふと笑って、銀花の背を押した。

「牢屋のあの臭いは、かなわんな。お前も臭うぞ」

美々しく化粧を施し、清潔な衣装をまとってこんなことを言う。聞く人間によっては、この言いように思うところはあるだろう。

銀花にだって、思うところはある。それは不満や反発ではなく――女王たる立場の彼女が、あの臭いを嗅ぎなれるようなことにならないようにするのが、自分のつとめのうちの一つ。

「でしょうね」

だから、銀花は女王の言葉に裏表なく同意する。

ただそれはそれとして、女王に注文をつけられるとしたら、ひねくれた自責をやめてほしい。この人は親しい相手には露悪的になりがちで、それで失望されることで自分を罰しようとするところがある。

彼女がそういう態度をとれるのは自分くらいだったのも、ちょっと問題だった。とはいえ、最近夫君にもそういう傾向を見せられるようになっている。

これ自体はいいことなのだろう、多分。

というか、いいほうに転んでほしいと銀花は切に願っている。

夫君にしてみると、関係が深くなればなるほど露悪的になる妻はどう見えるのだか……。思いあって結ばれたわけではない夫婦だから、愛情補正でなんとかなることは正直期待できない。銀花としてはたいへんに不安である。

どうかこれから先ずっと、夫婦仲良くあってくれ。

二人の間に生まれた姫のためにも。

牢屋からさほど離れていない部屋に入った。女王の私室までは遠く、連れ歩くと悪目立ちするから、最初からここに連れこむつもりだったのだろう。軟膏以外にも、包帯やら湯やらが用意されていた。

密閉された空間の中で、湯気が籠もったのだろう。少し湿り気を帯びた空気が銀花の顔を撫《な》でる。

「ほら、洗ってやるから脱げ」

女王が袖をまくる。

「嬉しいんですが、指がさすがに痛いので、脱がせてもらっていいですか？」

「わたくしをこんなふうに使えるのは、お前と姫くらいだぞ、この馬鹿め」と笑いながら、女王は銀花の服をひっぺがしはじめた。

湯はまだ温かかったが正直、傷にしみた。

清潔になった銀花の体に、女王が丁寧に軟膏を塗り、そして包帯を巻いていく。

手を止めないまま、女王が声をかけてきた。

「そういえば、目付役が今回、予期しないところで捕まったとか？」

「ええ。拷問？　の様子を見ました。あれは泉源王の手の者ではありませんね。もしあの方なら、もっといい腕の者を拷問に使いますよ。あんな鞭《むち》でひたすら……洗濯物じゃあるまいし、叩《たた》けばいいってものじゃないんですよ」

洗濯物だって、叩きすぎたら生地が薄くなる。どんなものだって、頭を使わずに行動したらいい結果は生まれない。

ふむ、と女王は包帯を巻く手を一瞬止めた。

「おそらく王妃が勝手に動いたな。慣れていない……し、そういうのに長《た》けた人材も抱えているような人間でもない」

「でしょうね、そう思います。だから問題だと思います」

銀花は素直に同意した。女王は軽く嘆息する。

「泉源王自身は、こちらに恭順を誓っているのだがな……ままならんものだ」

これについて銀花は、ちょっと同意しかねる。

泉源王のことは目の保養としてはたいへん好ましい。ある程度は信用していいと思う。けれどもこの乳姉妹がやみくもに信用しているのを見ると、どうしても警告を発したくなってしまう。

「よく信じることができますね。そんなに仲がよいわけでもないお兄さまですのに、どうやって仲を深めたのか、正直気になります」

乳姉妹といっても、銀花が女王と共に過ごしたのは幼少期のことだ。その間のことなら彼女の人間関係や他者への評価について、銀花は誰よりも知っているといっていい。だがそのころの女王は他の王族と没交渉であった。

女王が他の王族と交流を持つようになったのは、後継になるのが決まってからだ。その時期以降の銀花は女王と離れることになってしまい、彼女の人間関係に関する知識に空白ができた。

今は会う機会が増えたとはいっても、君臣関係を念頭に置いたやりとりをしている。どれほど気安げであったとしても、だ。

だから女王の個人的な人間関係のことを、銀花はよくわかっていない。女王と夫の関係も、「こうなのかな……」と想像する程度だ。

「それに信じていたとおりに彼が忠義の人だとしたら、それはそれで問題ですよ。泉源王は自分の妻を御しきれていないということです」

王妃はおそらく、夫を駝伽の王にしたいと思っている。だから駝伽がらみの怪しい人間を捕まえて、責めたてている。

王は王妃の思惑を理解していない。あるいは理解していても、王妃が勝手にやっていることを把握していない。

そういう人間が泉源王という難しい立場に就いているというのは、正直……ぞっとしないし、ぞっとする。

女王の目がちょっと泳いだ。

「うんまあな……私も忠誠はともかく、器量に関してはそこまで信じてないんだよ。だから定期的にお前たちを送りこんでいる」

「人材のふるい分けとか訓練が主目的でしょうに」

「うん……今回は不作だったな」

今回泉源王に送りこまれた四人、全員間諜《かんちょう》である。といってもうち二人は間諜になりかけの卵である。教育係という名の「弱みを握っていろいろさせる人員」がついたばかりで、「天色」という組織のことも知らされていない。

もう少し教育が進んだらそのあたりのことも教われただろうが、今回彼女らはあまりにも使えなかったから、ここで打ちどめになるだろう。重要なことは知らされていなかったから、始末されるということはまだないはず。

とりあえず、刺繡《ししゅう》の腕がちゃんとあるのは間違いないから、なんやかんや使い道はある人材になるだろう。やはり一芸は大事。

送りこまれた四人のうち残り二人はちゃんと天色の人員で、一人は卵たちのお目付、もう一人は泉源王および上司の内偵——要は銀花である。

だから銀花と他の三人は目的が違ったということになる。

「目付役も多分困ってますよ。あんな拷問？　なんて、受けたとしても自分の訓練にもなりゃしない」

「お前、そんなに向こうで見た拷問が気に食わなかったのか。その拷問へのこだわりはなんだ」

「まあ私、間諜としての取り柄は拷問に強いのと、目くらまし役くらいしかないですからね。強み、どんどん伸ばしてかないと」

「お前、確かに拷問にはめちゃくちゃ強いよな」

銀花主導で情報を抜きに動くこともあったが、それがものすごく有意義だったということは、残念ながらこれまでなかった。男が閨《ねや》で軽々と漏らす情報なんて、ぜんぜん重要じゃないのだ。

数年前から割りきった銀花は、今の相棒と組み、その相棒から標的の気をそらす補助的な立場に徹するようになった。

その結果、やたら成果があがるようになったので、自分の選択は間違っていなかったと確信している。

「きっと、亡き夫も地獄から見守ってくれてるはずです」

大事な人ではあったが、間違っても極楽には行けない類の人だったので……。自分のことを棚に上げてはいない。銀花は自分も死後地獄に行くとちゃんと思っている。

「私はその言葉に、どういう感想を返せばいいんだ？」

女王は幼少期、苦手な物を無理やり食べさせられたときみたいな顔をしている。

「別に返さなくていいです。王妃のこと今のところ私の推測でしかないので、ちょっと待っててくださいね。今相棒が王妃のことの裏をとっているはずなので、すぐにその報告が来るはず」

「そうだな……どうせ裏、取れてしまうんだろうな……。異母兄《あに》に釘《くぎ》を刺さなくてはいけないんだろうなあ……」

「忠義は信用しているわりに、なんか腰引けてません？」

「なんか疲れるんだよ、あの人の相手」

女王は酷《ひど》いことを言うが、銀花はもっと酷いことを言う。

「ふうん。そこはやっぱり仲がよくないんですね」

「なんてこと言うんだ、この馬鹿」

「だって私、殿下が泉源王と直接やりとりしている場に、同席することなんてないですから、お互いの間にある絆《きずな》とか繋《つな》がりとやらの詳細わかんないですし」

女王に重用されている自覚はあるにしても、それはそれとしていつも一緒にいるわけではない。むしろ役割柄いつも一緒にいるほうが悪目立ちして困る。

だから幼少期に比べると女王の他者への評価を、そこまでわかっていない自覚が銀花にはあるし、泉源王評については、本当に「ふうん」としか。

それより銀花は別の人間に対する評価を、女王に伝えたい。

「あーあとそうだ！　さっきまでわたくしのことを拷問していた人、あの人いいですよ。ちゃんと育ててあげてくださいね」

「お前、そっちのほうが反応鋭いのな」

「それで今回のふるい分けの結果、わたくしはどうでしたか？」

「その評定は、天色の上のほうから伝えるから」

先ほど破滅した上司のことではない。あれは文官の立場として天色を統括する者であって、実働部隊としての天色の長がきちんといる。

前者と後者、どう違いがあるのかというと、前者は首がすげ替わる可能性があり、後者は本人の首が物理的に飛びでもしないかぎり、ずっと上司であるということである。

天色はまあまあ複雑な命令系統を持っている。

まず天色は、王と一部の王族以外に、文官の中でも特に上位の者だけがその存在を知らされる。

そしてそのうちの一人が表向き天色の長とされる。知る人ぞ知る組織に「表向きの長」というのがあるのも、なにやらおかしいが、とりあえずそういうことになる。

しかし高官という存在は、わりと失脚してしまう。しかも彼ら、科挙《かきょ》に受かっているわけだから頭はいいが、だからといって間諜の手法に精通しているわけでもない。

よって、指示がぶれる。

そうなると、天色、すごく困る。

そういうわけで、天色の内部での長が立つ。これが裏向きの長。上下関係でいえば表向きの長のほうが上だが、表向きの長の命令が王に仇《あだ》なすもの、あるいは王の意図に反すると判断した場合は立場が逆転する。

逆転するといっても、裏向きの長が表向きの長への命令権を握るというわけではなく、問答無用で首を飛ばすということがほとんどである。物理的立場的問わず。

今回もそう。

表向きの長が女王の意図に反する命令を出そうとし、それを裏向きの長から知らされた女王が自ら「天色を動かす」と発言し、それに従い銀花は表向きの長の命令に従うように動きながら最終的には裏向きの長の命令でわざと拷問を受けることになった。

本当は銀花、拷問を受ける予定はなかったのだ。泉源王のところから離脱したところで、さっさと裏向きの上官のところに戻って、次の仕事につくはずだった。

「あいつ見当外れな命令してましたので、それを材料にさっさと失脚させましょ。でもそれはそれとして王妃がちょっと怪しいです」

「そっかあ。それだとちょっと理由として弱いから、お前ちょっと天色代表として、女王の特別な存在として拷問受けてねっ」

という化粧箱を使った非言語的やりとりの結果、銀花がしばかれることになったのである。

恨んでない、恨んでない。

ほんとに。

表向きの長こと元上司にはなめくさった態度をとれるが、この長にそんなことはできない。もしやったら、死間《しかん》として雑に敵地に送りこまれそうだ。

もちろん銀花は、この仕事で死ぬ覚悟はできている。できているけれど、できれば重要な場所で投入してほしいとも思っている。なので、これは最高の意趣返しになるのだ。あの人は、銀花がなにを嫌がるのかよくわかっている。

「じゃあ、また」

「ええ」

今度はいつ会えるだろうか。そもそもまた会えるだろうか。

金仙《きんせん》と別れるとき、銀花はいつもそう思う。

※

銀花は自分のことを不運だと思っている。

だが不幸だと思っていない。

それは自分よりもずっと不運で不幸で、そして明るく生きた人に育てられたからだ。

銀花が幼少期のことを思いだそうとすると、流蘇子《りゅうそし》の花が満開の門庭の光景が頭に浮かぶところから始まる。

自分のことながら、銀花はこれをふしぎだなあ、おもしろいなあと思っている。

ふとした瞬間に過去を断片的に思いだす場合と違い、「さあ思いだすぞ」という姿勢で思いだすのは、頭の働き方が違うということなのだろうか。

とはいえ、そこまで真摯に追究するつもりはない。だから銀花は今日も、ふしぎだなあ、おもしろいなあと思いながら、流蘇子の花を思いうかべる。

その先のことも。

門をくぐると、少し開けた空間があって、三本の青桐《あおぎり》の木が規則性なく生えている。その奥に、銀花たちの母屋があった。

元は地主が住んでいた家とあって、造り自体はしっかりしているが、いかんせん手がいきとどかないため、あちこちくたびれた感じがある。

ただ、仮に新築の状態であったとしても、住む人が住む人なので相対的にみすぼらしい感は否めないだろう。それは家の罪ではないのだが。

窓には紙が張られていて、銀花を育ててくれた人が仕事をしているときは、採光のために半分ほど開いている場合が多かった。だから銀花が帰ってきたときは、座って針仕事をしている女性の上半身が見えるのだ。

彼女がちらとこちらのほうを向き、手を伸ばして窓を大きく開ける。

「おかえり、銀花」

視界がゆれる。自分が走りだしたから。

入り口の前は一段高くなっていて、銀花はわかっているのにそこでよく躓《つまず》いたものだった。

薄暗い家の中に入ると、出迎えのために窓の前から移動してきた彼女と、ちょうどはちあわせする。腕の中に飛びこむ。

「どうしたの、今日は甘えたね」

くすくすと笑う声が頭上から聞こえた。銀花は多幸感でうっとりとしながら、それを聞いていた。

もう二度と会えない人。

——あいたい。

銀花の母ではない。銀花の母は、銀花が赤子のころに死んだ。

銀花は親について、その情報しか知らずに育った。それは幸せなことだったと思う。

今ならもう少し情報を持っている。

母は、王妃の産む子の乳母になるべく仕えはじめたこと。

その直後に王妃が王の不興をかい、というか、王宮内のあれやこれやの影響で、側付《そばづ》きもろとも幽閉されたこと。

もちろん母も。

とばっちりを恐れた父に、母が離縁されたこと。

銀花を出産し、王妃が姫——後の女王を出産した直後に、母が死んだこと。

これらの情報の合間に、げっぷが出そうなくらいいろいろな感情が渦巻いていることは明らかである。なお後年、父は結局失脚した。この件に関してだけは、因果はいい仕事をしてくれたと銀花は思っている。

王妃が幽閉されたころは、門の前に見張りが立っていたのだという。しかし銀花が物心つくころには、門の前には流蘇子の木しか立っていなかった。

銀花はそれを見上げて育ったのだ。

※

がくん、と首が前に倒れた。

壁にもたれて座っていた銀花は、はっと顔をあげる。

物思いにふけっているうちに、うとうととしてしまっていたらしい。

こんなこと久しぶりだと、銀花は妙に感慨深かった。なにせふだんは気を張る仕事をしているもので。

――わざと隙を作る演技をしなくちゃいけないとき、こういう動作を取りいれるのもいいわね。

そう思いながら銀花は、ついと窓のほうを見た。

「今年は、流蘇子の花をゆっくり見ることができる……」

「本当ね。いつもすぐ散ってしまうから、なかなか貴重な機会だわ」

誰に向けて言ったわけでもないが、反応があると意外に嬉《うれ》しいものだ。

銀花は反応をくれた人間のほうを向く。

「最近雨が続いているから、今年は特に散るのが早くなりそうですね」

今もしとしとと。

雲の切れ間から光が差しこんでいるので、すぐに晴れそうなものだが、しぶとく降っていた。

けれども雨に濡《ぬ》れた流蘇子の花も、銀花は嫌いではなかった。木に細長く白い花弁が密集したそれは、乾いているときは雲のような柔らかさがある。だが濡れているときは花弁が気持ち垂れさがって、遠目でみると密度が増し、どこか重厚感がある……気がする。これはあくまで個人の感想だ。

現在の銀花は静養中である。場所は、城下町の天色の拠点の一つ。王宮にいても人目をはばかる必要があり、静養どころではない。

その点、拠点でごろごろするのはたいへん気楽。だが半面、心に余裕がありすぎて退屈である。しかも指を怪我《けが》しているものだから、できることがびっくりするほどない。流蘇子をゆっくり眺めていられるというより、流蘇子をゆっくり眺めることとか、過去に思いを馳《は》せることくらいしか、無難な暇つぶしがない。

無難じゃない暇つぶしは、ちょっとしてみたが諦めた。

足で本の頁《ページ》を繰ろうとしたら、仲間に行儀が悪いとたいへんに叱られたのだ。こんなに叱られたのは、子どものころ以来というくらいこってり絞られた。自分もう二十三歳なのに……。

こんなにも人倫にもとる仕事をしているのに、お行儀で叱られるっておかしくない？と思うのは銀花だけだろうか。

「そうね、あなただけね」

銀花の包帯を交換しながらくつくつ笑うのは、先ほど相づちをうってくれた相手——泉源王のもとから帰ってきて、こちらも怪我の静養中の仲間である。

そして馬車で酔った振りをして、銀花の肩を枕にして熟睡しやがった女である。

それくらい肝が太いからこそ、銀花の言い分を全面的に否定するなんてことも平気でできるのだろう。

「そりゃあ私たちが人でなしであるのは否定できないわ。でも私たち根っこのところでは、人倫にもとるなんて考えてないもの。私たちは殿下のために働いている。つまり国のために働いている。汚れ仕事を引き受けてる正義の味方って感じがある。そうでなければ命をかけてこんなこと、できやしないわ」

「それもそうですね……ところで人でなしさん、ちょっと痛いんですけど」

包帯の巻き方が、たいへんに雑できつい。

仲間はにやにやと笑う。

「ちょっとした仕返し。あなたよくも私のこと見捨てて、一人で帰ったわね」

「無駄に助けたら、私の評価下がりますし……あと私だって、わりときつめの拷問受けたんですけど。代わってもよかったんだったら、そうしてあげたんですよ」

「んふふ」

銀花の抗弁に、相手は意味ありげに笑い……、

「ごめんねっ」

そして素直に謝った。

なんともかるーい謝罪ではあるけれど。

「いいですよっ」

銀花も銀花でかるーく返す。

そんな軽口を叩《たた》ける感じの間柄である。けっこう共通点も多い。刺繍《ししゅう》が得意だとか、銀花と相棒の関係のように、誰かと組んで陽動することが多いとか。

そのため仕事上で相談しあうことも多い。相手の本名は知らないけれど。

なのに相手は、こっちの名前知っているときた。女王の乳姉妹《ちきょうだい》って立場は、こんなときに面倒だ。

「そういえば人でなし関係で思いだしました。お天気雨ちゃんたちの今後はどうなりそうですか？」

「まあ、あれは……使えないわね」

「それはわかってます」

今回間諜《かんちょう》の卵として、銀花たちとともに泉源王のところに送りこまれた二人は、ただ極の布をつんつんして終わっただけの印象しかない。

「そもそも、あの程度でよくまあ、お試しとはいえ実地に送りこみましたね」

「それはね、私もそう思ったのよ」

やっぱあれはないよね～と、二人でちょっと盛りあがる。

「それで今後は、ふつうの人材として扱う感じですか？」

「まだ検討中らしいけれど……気になる？」

「ほら……私も、最低限の人の心は持ってますから」

同僚が「はい出た～！　人の心！」と言いながら、腹を抱えて笑う。本当にこの人、自分が人倫にもとっている自覚ないんだろうか。

「まあ、廃棄ってことになっても、胸は痛まないんですね。でも利用価値があって本人たちが前向きに取りくめる感じの末路になるんだったら、これから頑張ってね、って応援したくはなりますよ」

「なるほど、確かにそれは人の心。そして最低限」

「ほら私だって、使えない判定下されて、始末されるところだったとき、ありましたでしょ、ね？」

その時評定を下したのは多分、この同僚である。彼女の目がちょっとだけ泳ぐ。

「いや～まあ～、それはね～、あったけどね～。まあでも結果的にはやめたし……ほら、殿下との縁故を鑑みて」

「それはあんまり嬉しくない理由……」

「でもあなたなかなか大成したじゃない。私には、先見の明があった！　運は力で、縁故は運の源なんだから、大事にしなさいよ！　まあその縁故で死にかけることもあるんだけどね……」

最後はぽつりと呟《つぶや》くように言われてしまったが、正直銀花も同意見なので特に反駁《はんばく》することはなかった。

ところでこの同僚、銀花より五歳は年上である。泉源王のところに行くときは、十歳さばを呼んでいた。驚異の童顔を活用して、特定の場所に複数回潜入するなんてこともできる、たいへん便利な人材だ。

別人の顔を作るのは難しいが、老けたように見える顔を作るのはそう難しくもない。だから最初は老け顔の化粧をして入りこみ、後日姪《めい》と言いはってほぼすっぴんで入りこむ……というのが、彼女の得意技だ。

だが彼女の真骨頂は、怪しまれたとしても、しらばっくれる肝の太さである。

泉源王のところに向かう道中、年下ぶって銀花に気をつかわせて、銀花の肩を枕にしていたあたりからして、天下一品のずぶとさは疑いようもない。

そんな彼女の悩みは、顔以外はごくふつうに老化していることであるらしく、首の皺《しわ》とか手の節くれとかをやたら丹念に手入れしている。そんなことで若作りが発覚するのは、確かに嫌だろう。

あと声。泉源王のところにいるときはきゃぴきゃぴとした話し方をしていたが、今は銀花のものよりやや低い音域だ。正直銀花は、彼女のこの地の声のほうが好きだ。話が盛りあがったとしても耳にきんと突きささる感じがなくて、聞き心地がいい。

「はい、おしまい」

「ありがとうございます」

同僚は包帯の交換を終えると、自分の手になにかを塗りこみはじめた。もう何回も見た。老化防止のお手入れだ。

多分彼女、泉源王のところにいたとき、爪みがき名人の美容法絶対に盗もうとしただろうな、と銀花は疑っている。彼女の織手はそれは見事なものだったから。

が、それは口に出さない。仮に銀花の疑いが正しかったとしても、仕事に役立つことならなんの問題もない。

それに……現在手が使えない銀花も、ついででこの同僚にいろいろとお手入れしてもらっている。へそを曲げられてやめられると困る。


顔をもちもちにされるのが、たいへん気持ちがよくて、ため息まじりに願望が口から飛びだしてしまう。

「はあ〜、拷問がこんな感じだったら、なんでも吐いちゃうかも。お金払うので、今度またやってくれませんか？」

「え、やるやる〜。それで、もらったお金で新しい化粧品買うわ」

もちもち、と銀花の顔を楽しく手入れしている同僚は、即座に乗った。

「たいへん美人に仕上がるから、やりがいがあるわ〜。手入れのしがいもあるってものよ。この仕上がりだと、あなた今度潜るのは妓楼《ぎろう》とかじゃないかな」

銀花は肩をすくめる。

「私、しばらく王宮界隈《かいわい》には出没できないので、そっちのほうが現実的かな」

「出没って野犬じゃないんだから」

銀花が調子にのって「わん」と言うと、鼻をつままれてしまった。

「でも年齢的にとうが立ってきてるので、どうなるんでしょ」

「それはわかる。私も見てくれはともかく、お肌の張りとかはね、年齢的にごまかしようがないから、床入りで年齢を察されちゃいがちなのよね」

「でも妓女《ぎじょ》なら、年齢ごまかしてるんだなって思われても、ぜんぜん不自然じゃないですよね。『あーなるほど……』みたいな、妙な哀れみの目で見られますけど。妓楼以外のところだと、ごまかしてるのがばれたら、一気に怪しまれますし」

同僚が「そうなのよね～」と、熱く頷《うなず》いた。

「私も今後、妓楼での仕事に比重を置くことは、考えてみたのよね。でも妓楼で拾う話の種って、正直ぜんぜん質がよくないし、なんだかんだで肌重ねちゃうと情も湧きやすくなるし、病気もらっちゃう可能性も高いし、正直、ねえ……」

今度は銀花が、「わかる～」と熱く頷き、そして部屋の入り口のほうに声をかけた。

「と、いう感じのことを考えてるんですが、どう思われますか？」

ひょこっと顔を出したのは、天色の長である。

これといって特徴のない男で、あえていえば垂れ目がかわいいといえなくもない。中身はかわいいなんて絶対にいえない食えないお人だが、職務に精励しているかぎりはこんなに信頼できる上司はほかにいない。

「いや、将来設計を真面目に考えてて、情報交換もちゃんとしていて、感心だなと思っている」

部下の長所もよく見ていて、褒め言葉も惜しまない。

「うふふ、ありがとうございます」

「お前たち本当に人当たりいいな」

「もうこれは職業病ですね」

同僚が肩をすくめた。少なくとも間諜は、あがり症に向いていない職業である。

自然と会話を引きだそうとしてしまう人間同士が話すと、話がわっしょいわっしょい盛りあがって、止めどきがわからなくなる。今なんてまさにそうで、お互いどうしようかと思っていた。

そして相手がそう思っていることをお互いわかっていたので、途中から二人して目が泳ぎはじめていた。

なので上司の参入は渡りに船。

「入るぞ」

「どうぞどうぞ」

銀花が頷く。

「わたくしはまだ、この子の顔をもちもちしていていいですか」

許可をとるというより、「そうしますよ」という宣言のような感じで同僚が言う。

長は「いいぞ」と頷いた。

「容姿は磨いていたほうがいいだろう」

「と、いうことはわたくしやはり妓楼に？」

「いや、嫁いでもらう」


——お？


意外ではあったが、言葉を失うほど驚いたわけではなかった。

「ああ、未婚を装ってどこかに、ということですか？」

幸か不幸か、「寡婦の康夫人」はもう死んでいるから、適当な経歴を作ればなんとでもなる。床入りの際は、ちょっと細工しなければならないが。

「いや、『康夫人』のままでいい。どうせ『康夫人』が死んだことになっているのは、泉源王のところでだからごまかせるし」

「それは……いいんですか？　わたくしが乙女を装う必要がないという点では、たいへん楽なのですが」

この国、女性の再婚が認められていないわけではないが、周囲から眉をひそめられる。

要は悪目立ちしてしまう。

「寡婦がいいんだ。選抜の要件だから」

「あら、もしかして……」

同僚のあげた声に、長が頷く。

「ああ、近々極から、捧妻子《ほうさいし》が命じられる。越山人《えつさんじん》の軍人の妻にするのだとか」

越山人とは、極の外、はるか西の国から来た者たちを総括してそう呼称する。極の朝廷に仕える場合は、だいたいは武官の立場が多い。文官はやはり特別だから、外国人はあまり登用されないのだろう。

「なるほど、それは確かに、『康夫人』を活用しないと」

捧妻子とは、属国が極に女性を贈ることであり、その女性そのものも指す。もちろん自主的にやるわけではなく、極からの強制で行われる。

前者の意味での捧妻子には二種類ある。極の皇帝に献上する場合と、極でまあまあ大事な立場の人間に与える場合である。

今回の捧妻子は、越山人――異民族のためのものだ。つまり後者のほう。

前者――極の後宮に納める場合は、十五歳までの高貴な乙女が選抜される。後者――たとえば極に登用された異民族に嫁がせる場合などは、そこまで家柄を考慮せず、寡婦を集めて与えることになっている。

極では前者と後者とで名前が違うのだが、駝伽ではそれらを一緒くたにして捧妻子と呼んでいる。

あるいは人さらいとか。

当事者である駝伽人にとっては、そういう認識だ。

銀花はさらっと納得したが、ほかの女性たちではこうはいかない。これは自主的に集まるのを待つわけではなく、徴用といえるようなものだからだ。

亡夫に貞節を守るのをよしとする文化圏で、無理やり他国に嫁がされる寡婦たちが喜ぶことはまずない。

「奥さんとか、地元で見つけられないものなんですかね」

それを思うと、銀花も少しとげとげしい物言いになる。

「行くのはいやか？」

「とんでもない」

銀花は苦笑して首を横に振る。くどいようだがこの業界、命令に対しては「かしこまりました」か、「うけたまわりました」のどちらかしかないのだから。

「嬉《うれ》しいわけではないですが、私が一人行けば、そのぶん泣く女性が一人減るのです。人助けできた気分に酔えますしね」

「あら、最低限の人の心、ね」

同僚が混ぜっかえす。

「その言葉選び、かなり気に入ったんですね」

「うふふ」

「お前はもう、そいつの顔をもちもちするのをやめたらどうだ。ほら、擦《こす》りすぎもあまりよくないんじゃないか。詳しいことはわからんが」

「まあ、そうですね」

同僚がようやく、銀花の顔から手を離した。

「お前は極の言葉にも通じている。いい機会だから、極に長く潜りこんでもらおうと思っている」

「それは……特に目的はない感じの、ですね」

「ああ」

目的がないからといって、意味がないわけではない。極の市井の情勢を把握することだって大事な仕事である。またいざというときに、すぐ動ける人間が極にいるということだって、天色にとっても重要である。

「となると……私の新月さんも、同じような感じですか？　極に入る感じ」

相棒の顔も名前も知らないので、銀花は仲間内で相棒を示す場合便宜上そんな呼び方をする。

「その呼び方なー、ちょっとやめないか」

「なにか問題が？　我々の業界の感覚だといい名前じゃないですか。私のことは満月さんと呼んでくださってかまわないんですよ？」

「いや、なに譲歩した感じの言い方してるんだ。なんの交換条件にもならんだろうが」

横で同僚が混ぜっかえす。

「単にあなた、自分が満月さんと呼んでほしいだけでしょ」

ばれたか。

「なんかあいつ、お前に新月さんと呼ばれるのが気に入ったみたいでな。特定の名前に愛着持たれるのもちょっと……」

「えっ、じゃあ私のことますます満月さんと呼んでほしいです！」

「へー、あの子もそういう感覚あるんだ！」

銀花と同僚はきゃっきゃと湧きたった。

「お前ら……」

「はい黙ります」

「すみません」

引き際は心得ている。すっと姿勢を正した二人に、上司がため息をついた。

「お前の言うとおり、お前の相棒も極入りする。ただお前とは違うところに潜りこんでもらう」

「それって、同じ国にいるだけで、相棒関係は解消ということ……」

「うん、当面はそうなるな。その間極の風俗に慣れていてくれ。それで向こうの要請が出次第合流して、この国にいたときと同じように二人で仕事をしてくれ」

なかなかふんわりとした指示であるが、銀花に不満はない。詳しく説明された結果銀花が捕まった際に共倒れになっても困る。

「わかりました――新月さんって、極語話せるんですか？」

「まあ、そこそこ。『ワタシ、極ノ言ウコト、イササカワカル』って言ってた」

「ほんとにちょっとしかわかってないじゃないですか」

「それが不自然にならないような立場を作って送りこむから、安心してくれ。それにあいつのことだからすぐ覚える」

そんなことだろうなと思っているので、特に不安はない。

ただ銀花にとって問題なことが、ひとつ。この仕事、間違いなく長期にわたるということである。

「もしかしたらこれが、今生のお別れになるかもしれませんねえ」

「そうだな」

すぐ死ぬ危険性はないかもしれないが、長生きしたとしても極に骨を埋《うず》めることになるかもしれないということだ。

とはいえ、行かないという選択肢はないのだ。

銀花は小さくため息をついた。

「先王妃《せんおうひ》の命日に墓参できないのは、残念ですね……」

「私が代わりにお参りしましょうか？」

銀花は厚意を謝絶する。

「いいです。あなたが生きているとも、王都にいるとも限らないでしょう」

それに、頼むとしたらもっと適した人間がいる。

「それもそうね。残念、お手入れのお礼に極の化粧品送ってもらおうと思ってたんだけど。首とか手に塗れるやつ」

「この国のを贈りますよ。母国の産業を活性化させるためにも」

「あ、お礼っていうのは言ってみただけ、いいのよ。ほら、あなたが寄附してくれた共用品、私重宝してるからこっちこそそのお礼のつもり」

「あー、いいんですよ、それこそ」

妓楼《ぎろう》に潜入するなど身を飾る必要がある場合、天色が備品として用意している装飾品を使うことがままある。その備品は「仕事上貢がれたけどこれいらない……」なんて持ちよられたものが大半である。

自分のものにしても誰も文句を言わないのに、仲間と活用しようという美しい精神が宿っているのだ。天色はその性質上血も涙もない組織ではあるが、仲間内の連帯感は強い。

銀花はわりと持ちよる側である。あまり物欲がない自覚はある。

上司がため息をついた。

「お前たちの話は、気を抜くとすぐに盛りあがるな……しばらく、『はい』意外の言葉を発するな」

「はい」と、二人口々に。

「『康夫人』の新しい夫は、今回迎えに来るやつの中で、いちばん位が高い男にしてやるから、頑張って向こうで根を張ってくれ」

「はい」

「それから、一度王宮に上がれ。理由はわかっているな?」

「はい」

「あと、康夫人のほうはともかく、お前のほうは再試験だ。もう一回泉源王のところに入ってもらうぞ」

「はい!?」

同僚が素っ頓狂な声をあげた。

上司がくつくつ笑いながら、「もう、『はい』以外のこと言っていいぞ」と解禁したところで、銀花は同僚の肩をぽんと叩《たた》いた。手はまだ使いたくないので、頭で。

「まあ、頑張ってください」

「ええ〜、私あそこに何回か潜ってるから、もう入りこむ口実出しつくしてますよ」

「じゃあ、別のところ用意するから」

※

出発前に先王妃の墓に詣でるには、王族の墓所は離れたところにありすぎる。

だから銀花は、王宮内にある廟堂《びょうどう》に足を向けた。

人の往来の少ない静かなところにあるそこは、来る人は少ないものの、さすがに王の祖先を祀《まつ》る建物なだけあって、一人か二人くらいは門番が守っている。

いつもならば。

今日は誰もいないのを確認し、銀花は門をくぐった。

静かに開こうとしても、重い扉は音を立てて動く。それを聞きつけて中にいる者が振りかえったが、驚いた様子はなかった。

銀花も驚かない。意外にすぐ再会できたなと思いはしたものの。

「来たか」

この国の女王にして、銀花の主君は、銀花を出迎えると軽く微笑《ほほえ》んだ。火が灯《とも》った香炉から、薫煙が彼女にまといつくようにたなびいていた。

が、手になんだか包みを抱えているのが、お使い帰りみたいで雰囲気を台なしにしていた。銀花にはなにやら懐かしく見える姿ではあるが。

「はい」

銀花は頷《うなず》いたが、だからといってそのまま女王と会話を始めることはなく、まずは祈りを捧《ささ》げる。

叩頭《こうとう》する銀花を、女王は少し下がったところで見ていた。

――受けた教えを活用する機会がようやくできたようです。

どうか見守っていてください、とは思わない。先王妃には、自身の娘と、その子だけを見ていてほしいから。

それに、彼女が生きている間、じゅうぶんなくらい銀花は面倒を見てもらえた。

母の死後銀花は先王妃にとって、明らかにお荷物だった。

極の皇女とはいえ庶出――身重の身で地理もよくわかっていない田舎の一軒家に放りこまれ、極は駝伽との交渉材料にするためか助けようとする姿勢を見せなかった。

しかし庶出とはいえ生粋の姫――かといって生活していくには彼女の生活力が低かった。

そんな中、姫の乳母が死に、その娘だけが手元に残ったときた。手放す以外の選択肢がどうして王妃の中にあったのか、銀花は何度考えてもわからない。殺しても捨てても売っても、きっと誰も文句を言わなかったはず。少なくとも銀花は言えない。

だが結果的に、銀花は王妃の手元に残った。

母がそれほど忠義を尽くしたから……というわけではなさそうだ。王妃も王妃の数少ない側付《そばづ》きも、母について銀花には「死んだ」という情報しか与えなかったのだ。もし母が王妃たちにとって価値ある人間であったなら、間違いなく銀花に伝えただろう。それくらいの情を向けられて育った自覚はある。

新たに乳母を迎える余裕もなかった王妃は、自分の娘と銀花に自らの乳をやった。

だから銀花と女王は、乳姉妹《ちきょうだい》とはいいつつも、女王が銀花の母の乳を飲むよりも、銀花が王妃の乳を飲む機会のほうが多かったという、ちょっと特殊な関係性である。しかし乳姉妹であることには変わりない。

お互いもやっとした気持ちにときどきなりつつも、銀花と女王は今日に至るまで乳姉妹という関係性を否定せず過ごしている。

そのもやもやした間柄の人間が、祈りおえた銀花にこんなことを言う。

「場所を変えよう。ご先祖さまがいるところでお前と会話したくない」

「まるで私が恥ずかしい存在のように言わないでくださいよ」

「お前との会話って、後から振りかえると恥ずかしい感じになるんだよな、自覚しろこの馬鹿め」

「あ、言葉づかい」

指摘すると女王ははっと口を押さえて、先王妃の位牌《いはい》のほうを見る。母親の叱責を思いだしたのだろう。

何歳になってもどんな立場になっても、子は子なのだ。

場所を変えるといっても、向かった先は廟堂《びょうどう》の横にある従者の控え室だった。それほど歩くこともなかった。

椅子はなかったが、二人それぞれ窓枠や卓の上に行儀悪く腰掛ける。

「指は治ったようだな」

「おかげさまで」

社交辞令とかではなく、実際彼女が応急手当をしてくれたから悪化しなかったわけで。

足をぶらぶらさせながら女王が言う。

「しばらくか、あるいはもう二度と会えなくなるな」

態度のわりに、言っている内容はまったく軽くなかった。

「仮に後者でも、ただで死ぬつもりはありませんよ」

「お前はどうも、発想が生きいそぎすぎていて、いけない。向こうで天寿をまっとうする可能性も否定するな」

「それは……ちょっと楽観的では？」

「否定するなと言っただけだ。楽観と悲観の間に客観がある。今私が言ったことがまさにそれだ」

今日の彼女、なんだか理屈っぽくて面倒くさいな……と、銀花はあからさまに話を変えることにする。

「ありがとうございます、先王妃《せんおうひ》さまとお別れの時間をくれて」

しかし、お礼を言いたかったのは事実。本来ならばここは、銀花が好き勝手に入って祈ることができるような場所ではない。

ひょっとしたら、さっきの女王の言葉づかいよりも、銀花を入れたほうを先王妃は怒るかもしれない。立場の違いというものをわきまえた人だったから。

「それくらいは、あの世で母上に叱られたとしても、私一人が甘んじて受けるさ。馬鹿にするんじゃない」

女王と共に育つにあたり、銀花は分け隔てされた。それはふつうにされた。

銀花にとって王妃は母ではなく「主《あるじ》」であったし、女王は妹ではなく「主の娘」という認識であった。そういうふうに育てられて、そのとおり育った。

それはそれとして、王妃は銀花をこきつかうというわけではなく女王と同じ教育を施したし、女王は銀花と一緒に遊んで、一緒に仕事の手伝いをした。

そのことを銀花は、疑問に思っていない。王妃は立場を弁別しつつ育てるのが上手だったのだなと感心している。また自分自身に対しても、よくぞつけあがらずに育ったなと自賛している。

ただこういうふうに、時々の特別扱いは断らないけれども。

「先王妃の……お母上の命日には、私のぶんもお参りしてくださいね」

「お前は本当に母上のことが好きだな」

主君はため息と呆《あき》れた目を銀花に向けてきた。

「ええ、あなたよりも好きです」

というか、そもそも銀花は女王とそこまで仲がよくなかったと思っているので、相対的に女王より先王妃のほうが好きともいえる。

銀花は先王妃の実子の女王がうらやましかったし。

女王も銀花のせいで母の愛情が目減りしていると感じていたし。

二人とも子どもだったし。

それはもう……しょっちゅう喧嘩《けんか》したものだった。それでいてよその子が女王の悪口を言ったら許せなかった。女王のほうもそんな感じだった。

子供心は複雑怪奇なものだ。

「妬《や》けるな」

「ふふ」

そのときに比べれば、二人とも大人になった。

昔にくらべれば仲よくはなったが、いいことばかりではない。

大人になったらなったで、複雑怪奇な世界を生きていることに変わりない。それどころか、より闇が深い方向に……。

ふと、主君が遠い目をした。

「この前、無様に馬脚を露《あらわ》した男の話だが……」

「ええ」

いたわねそんな男、なんて思いながら、銀花は頷く。

「婚約者を奪われて、捧妻子として極に送りこまれていたらしい」

「お相手の消息は？」

「不明だ」

「あら……極への恨み。わかりやすいですね」

あんなに短絡的だった理由のいくばくかは理解できた気がするけれど。

「哀れに思うか？」

「いいえ」

「そうだな、私も思わない。酷《ひど》いことだと思わないか？」

「私は彼に対して、もっと酷いことを考えていますよ。お相手の女性が、極で幸せになっているといいなと思います」

可能性は低いだろうが、婚約者の女性が極で幸福を掴《つか》んでいたとしたら……、あの元上司はどう思うだろうか。

愛する人に幸せでいてほしい。幸せになっていてくれるなら、自分以外の男と一緒になってくれてもいい。

そんなことを思えるような人間だったら、もしかしたら元上司に少し肩入れできるかもしれない。

「そんな人間じゃないだろ、あいつは」

「そうですね」

妻子と妾《めかけ》を抱えたのは、仕方がないとして、そのうえで娼館《しょうかん》にも当たり前のように通っていた男だ。元婚約者と無事に結婚したからといって、一途《いちず》に愛せるような人間にはなりえまい。

「今回の捧妻子で、あの男と同じように、恨みを持つ者は何人いるだろうな……」

「わたくしが行くおかげで、一人減ったので褒めてくださいな」

天色の長に言ったことを、主君にも言うと、苦笑いされた。

「廷臣は捧妻子を憐《あわ》れだと言う。泣く者もいる。だが彼らの中で、極から一人送りこまれ、夫にも顧みられず、異国の地で小さな家に閉じこめられた身重の公主のことを哀れむ者はいたのだろうか、と思うことがある」

銀花は厳しい声を出す。

「お母上は、そこのあたりはご自身で整理してたから、金仙、あなたが考えるべきことではないと思うわ」

あえて、相手の名前を呼んだ。久しぶりのことだ。金仙と呼んだ瞬間、主君の目が驚きに少し見開かれた。

銀花は言葉を続ける。

「それよりお母上は、お母上の境遇を哀れんで、なにかと面倒を見てくれた人たち――民たちのような人間を守ってほしいとあなたに願っているはず」

「そのとおり！　だが今回、極に送りこまれる人間は、民だ。母を哀れんでくれた人たちだ。私は、母が受けた恩を、裏切っている……」

主君がぐっと手を握りこんだ。

この人は半分極の血が流れる体を憎み、その血をもたらした母を愛し、そしてこの国を愛している。

これはだめだ、と思った銀花はあえて雰囲気ぶち壊しなことを言った。

「……ごめんなさい。私そこまで重い感じの話には付きあえないわ。でもまあ、行ってきます。先王妃さまがお育ちになった地に住むというのも、少し楽しそうだから」

ふは、と主君が笑う。

「それは私もちょっとやってみたいやつだ……銀花。お前のやる気を信じていないが、一度引き受けたことをかならず成しとげる意地を私は高く買っている」

「褒めてる？　悪口言ってる？」

「うん」

「あの、どっち？」

「うん……」

女王は妙に口をもごもごさせるだけだった。

「いや、久しぶりに『金仙』という名を呼ばれて嬉《うれ》しかった。しばらくか、あるいはもう二度と会えないと言ったが、やっぱり二度と会えなくなるのは嫌だな。職務を生きてまっとうして、帰ってきてくれ。そしてまた名前を呼んでくれ」

「金仙……」

銀花は言葉に詰まった、

「とりあえず、王夫殿下に名前呼んでもらったら毎日聞けるんじゃない？」

……と、いうわけではなかった。

この国は君主が女性の場合、配偶者を「王夫」と呼ぶ。

銀花は眉をひそめ、頬に片手を当てた。

「公では確かにお互い堅苦しい感じで呼びあってたけど、閨《ねや》の中ではもう呼びあってる仲だと思ってた。まだだったの？　私、仮面夫婦だったし偽名だったけど、夫には名前呼ばれていたわよ」

ちょっと説教くさい口調になってしまった自覚はある。そしてこの主君は、銀花にそういう話し方をされるのがたいへん嫌いときている。お前が言うな、という気持ちになるのだそうな。

だから主君が、今にも唾を吐きそうな顔になったのは、無理もないことだった。

「やっぱりお前、二度と帰ってこなくてもいい。仕事だけちゃんとしてきてくれ」

語尾に「ぺっぺっ」とか付けくわえられても、おかしくなかった。なのにそうならなかったのは、やはり永の別れになる可能性があるから、彼女の中に神妙な気持ちが残っていたのだろうか。

「はあい」

それはそれとして、唾を吐くような顔の主君に部屋を追いだされる間諜《かんちょう》は、きっとこの国どころか極にもいないだろう。

「あ、これを渡しておく」

部屋を出ようとした銀花に、主君がさっき座る際に床に置いた包みを渡した。中には巻物が三反。

「ああ、化粧料？」

「そう」

捧妻子には極から、十反から二十反の絹が渡される。名目は化粧料であるが、それにしては多い。だが女一人の身代金《みのしろきん》として考えると、多いのだか、少ないのだか……。

で、今差しだされた布は三反。これは明らかに少ない。「上前撥《は》ねすぎじゃない？」と銀花は言ったりしなかった。

銀花は、一反だけ手にとって言った。

「これだけもらっていきます。時間がないのであまり凝ったものは作れませんけれど、なるべく刺繍《ししゅう》をして、きれいな婚礼衣装に仕立てます。鈍っていた指もそろそろ動かさなくてはならないですからね」

「それで？」

女王が先を促す。

「残りの布、換金したぶん、いただけますよね？」

「そう言うと思ったから、三反しか持ってこなかったんだが……予想以上に身軽に動くつもりなんだな。一反だけ持ってくればよかった」

主君が懐から巾着を取りだした。じゃらりと音が鳴る。

「二反分の金は、後日渡す」

銀花は笑いながら受けとった。

「よかったら二反分で、殿下と姫のお召し物でも仕立ててくださいな。このくらいのでも、普段着は仕上がるでしょう」

「使いにくいな……」

女王が渋い顔をした。

※

二か月。

それが銀花たち捧妻子に与えられた時間だった。その間に覚悟を決めて、花嫁衣装を作りあげなくてはならない。

銀花は前者については問題はなかったので、後者に力を注いだ。鈍った指先のいい訓練になった。

刺繍は銀花の数少ない特技だ。

他にはまああの記憶力とそれなりの演技力とほどほどの人当たりのよさと、拷問への耐性くらいしか……。

けっこうあるな。

刺繍以外は人に言えるようなものではないが。特にいちばん最後。

他に特技があったとしても、刺繍は無難かつ人様に一目置かれる特技なので、技術を保っておくにこしたことはない。銀花はせっせと刺した。せっかく極に行くのだからと、極風の図案を。

指定された日、銀花たち捧妻子五十名は王都の郊外に集まった。泣いている女はいないが、一同おおむね顔が暗い。

関門の近くに用意された天幕で、銀花たちは花嫁衣装に着替えた。

実をいうと銀花は、このようなものを着るのは初めてである。亡夫とは名目上結婚したので、式といったものは挙げなかった。

初めてだからといって、心が躍るわけでもない。さすがに銀花でも、呑気《のんき》な気持ちにはなれなかったのだ。

なにせ周囲が、「一緒にいると明るい気持ちになれないご一行様」なので……。気持ちが引きずられているというより、気の毒で仕方がなかった。

だから、荒《すさ》んだ目の女が、銀花に難癖をつけてきても特に腹は立たなかった。

「嫁ぐ前から、ずいぶん向こうの国に染まってるのね」

銀花の衣装の刺繍を見て、吐きすてるように言われた。

銀花はその言葉に対して、物憂げに顔を伏せてみせた。

「そのほうが向こうで高く売れそうなのだもの」

女は虚をつかれる、という風情になった。

「向こうで、どういう扱いを受けるかわからないから。お金が必要になるかもしれないじゃない？」

実際そういうことも、銀花の思量のうちに入っている。申請すれば天色として必要経費は渡されるが、それを待っていられない事態になるかもしれないし。

「そうね……ごめんなさい。あなたにも、あなたの考えがあるわよね」

女は根は素直な性質のようで、銀花の言い分に納得したようだった。

「ううん、気にしないで。お互い頑張りましょう」

気をつかうようであんまり内容のないことを言い、銀花は相手の服を見た。これぞ駝伽！　と全身全霊で主張するような、伝統を踏襲したものだ。

「あなたの刺繍、とても素敵ね」

掛け値なしの賛辞である。銀花は実は極のものに比べ、駝伽の伝統紋様のほうはうまく刺せないという劣等感がある。

銀花を育てた先王妃《せんおうひ》は刺繍が上手《うま》かったが、極の皇女という生いたち上、得手は当然極のもの。

そして彼女の側付《そばづ》きは、揃《そろ》いも揃って刺繍はあまり上手ではなかった。

ただし生活力はあった。先王妃との幽閉生活において、刺繍の腕前よりも大事な技術であった。

そんな環境で育った銀花がどちらを得意になるのかは、言うまでもない。

とはいえ銀花が駝伽のものをまったく刺せない、というわけではない。それどころか、どこへ出しても恥ずかしくないものを納品できる自信がある。

ただそれはそれとして、駝伽のものより極ののほうが上手に刺せる実感があるということに、言いしれぬ葛藤があるというだけのことだ。自分はこんなにも愛しているのに、向こうに愛されていない……とでもいうような気持ち。

「触っても？」

「え、ええ……かまわないわ」

銀花は女の衣装にそっと指をすべらせ、羨望混じりのうっとりした表情を顔に浮かべる。

女は苦笑した。

「あなたのとちがって、お高くは売れないでしょうね」

「売ることになったら、私が買いたいわ。なるべくお高く」

銀花の言葉に、女の笑みから苦みが少し消えた。

彼女がまとう空気が、少し軽くなった気がした。

自分の名前を紹介しあい、銀花は女と別れた。

そしてぐるりと辺りを見回す。相棒はここにいるのだろうか、なんて思ったりする。上司は「違うところに潜りこんでもらう」と言いはしたが、「違う方法で入りこむ」なんて言っていなかったのだし。

銀花と共に、相棒もまた極に入ることが決まっている。

銀花が知らされているのは、そういう情報だけ。

どこに潜りこむのか、どういう仕事をするのかは知らされていない。銀花の動きと連動するのかどうかも知らない。

それに加え、顔も知らない、なんなら性別もわからないという事実を加味すると、相手を相棒と考えるのは、なかなか正気の沙汰ではない。

だが銀花は相手を相棒と思っているし、相手にも相棒と思われていることを知っている。

靄《もや》のような存在だ。確かにあるのに摑《つか》めない。

思われてなくてもいいいや、とも思うくらいには信用していて、憧れている相手でもある。

銀花はどうやっても、一流の間諜にはなれないから。

「――出てこい。花婿たちの到着だ」

天幕の外から、見張りの兵が声をかけてきた。

銀花たちはゆっくりと天幕の外へ出た。

いざ、ご対面。

——うそでしょ……。

銀花は夫になるべき相手を前に、内心打ちふるえた。

相手は、銀花の顔を一目見て、一言。

「薄い顔だな」

と言ったきり、銀花の顔を見ようとしなかった。

そういう相手の顔は、なるほど、銀花に比べると濃い顔立ちだった。顔のどの部品も彫りが深く、長いまつげ、整った髭《ひげ》が豊かに蓄えられている。

正直、はちゃめちゃに銀花の好みだった。この年になって銀花はようやく、自分の好みをうまく言語化できた気がする。

要は自分は、濃い顔立ちの男が好きなのだ。体格がよければなおよし。

相手は軍人だから、体格ももちろん申しぶんない。

――これは、役得なのでは？

楽しくお仕事できそうと、銀花はうきうきしはじめた。彼の高い鼻梁《びりょう》を穴が空きそうなくらい眺めていると、怪訝《けげん》な顔を向けられた。

「なにか？」

「旦那さまのお顔を見るのに、理由が必要ですか？」

極の言葉で聞かれたので、極の言葉で返したら、気まずそうな顔になった。

「話せたのか……」

さっき「薄い顔」と言ったのを、銀花が理解していると思っていなかったのだろう。

銀花が極の言葉を話せるのは、極の公主だった先王妃から教わったからである。とはいえそれは、公言できないことである。

「前夫が、極と関わりのある人でした」

「そうか。流暢《りゅうちょう》だな」

嘘《うそ》ではない。ただ誤解するぶんにはご自由に、というやつである。

「このたび、旦那さまがいちばん地位の高い方とのことでしたので、その方に極の言葉を話せる女をと言われました」

「なるほど。それは正直助かるな。部下たちの妻に伝えたいことがあれば、お前を通せばいいということか」

「精一杯勤めます」

頭を下げると、結婚相手はいささか戸惑ったようだった。

「お前はこの結婚が嫌ではないのか？」

銀花は、これだけは本音を言った。

「正直、極に旅立ってもいないのに、この駝伽に帰りたくてしかたがありません。けれどもそれはそれとして、これはわたくしの人生に与えられたお役目なので」

お仕事のうえでも、与えられたお役目なので。

「前向きなことだ。正直、妻帯に後ろ向きな私より、他の者に嫁したほうがいいかもしれないな……」

「では、他の方に私を与えられますか？」

仕事がちょっとやりにくくなるかもしれないが、銀花は別にこの男でなくてもいいのだ。個人的な好みのうえでも越山人が皆この類《たぐい》の顔なら誰でもいいし、仮に好みの顔じゃなくても、役得が一つ減っただけ。

銀花はただ仕事をするだけだ。

まあそれはそれとして、初めて好みに直撃したこの顔が、これで見納めだと思うと寂しいので、「元」が付くかもしれない結婚相手の顔をじっと見つめた。

その態度からなにかを（勝手に）読みとったのか、結婚相手は「いや」と首を横に振った。

「私の名前を聞いているか？」

「陸涛声《りくとうせい》、と伺っております」

「お前の名は？」

「康慎《こうしん》です」

銀花は偽名を堂々と名乗った。

この名前とも思ったよりも長い付きあいである。今後、もっと長い付きあいになりそうである。

婚礼らしい婚礼は特になく、そのまま夫に連れられて銀花たちは極に旅だった。その日々の中で、何度か夫と肌を重ねた。当たり前だが乙女ではないことは、特になにも言われなかった。

夫は幼いころ、親と一緒に隊商で旅をし、極に来たという。「陸涛声」とは、極で与えられた名前なのだという。

寝物語で語られる内容に、銀花は静かに耳を傾けた。

越山人は、極よりもずっと西のほうから来た人間だ。その情報はかねてから銀花の頭に入っていたが、実際の越山人の体験を聞くと、上っ面ではない生きた知識を得られる感じがある。

銀花は夫の祖国での名前を聞かなかった。お似合いだと思ったのだ。相手の本名を知らない同士の夫婦。

情事の後のぼんやりした体を胸に抱きよせて、夫が銀花に問いかける。

「私の話ばかりだな。お前はどういうふうに育った？」

「わたくしは……赤子のころに両親を亡くし、母がお仕えしていた方に、育てていただきました」

「辛《つら》かったか？」

即座に否定する。

「いいえ。ご主人さまは優しい方でした」

「……前の夫はどういう男だった」

銀花はこの問いには、ほんの少し戸惑った。

夫の様子をうかがう。相手もぼんやりとした感じの顔をしている。

ちょっと考えてから、一言。

「優しい人でした」

夫がふ、と笑う。

「お前の周りには、優しい人間しかいなかったのか？」

「……言われてみると、夫についてはもっといい言い方がある気はします」

優しい、というのとは確かに違った。優しい人間は拷問の訓練で、妻を痛めつけることはしない。

しかし彼に悪意はなかった。銀花の向上心を応援して付きあってくれたわけだから。

よくよく考えつつ、銀花は前夫兼仕事相手のことを言葉に紡ぐ。

「自分の仕事に誠実で、それを手伝おうとするわたくしのことを喜んでくれて、それを支えてくれる人でした。いえ、夫を手伝うわたくしを支えるというのは、本末転倒な言い方ですね。手伝おうと付いてくるわたくしの手を、引っぱりあげてくれる……」

口を手でふさがれた。

「すまない。自分から聞いておいて失礼なことだが、これ以上はいい」

「そうですか」と言いたかったが、口を塞がれているので、銀花はこくりと頷《うなず》いた。

そんな感じで、銀花個人は対夫との関係のみいえば、そんなに悪くない新婚旅行を経験しているが、他の女性たちはそうもいかない。

朝になると、泣き腫らした目の女たちが、ぼんやりとしている姿を銀花はよく見る。無理やり嫁がされ、言葉もわからない男と夜を過ごすのは、一般的な駝伽の女にはさぞや苦痛なことだろう。しかも異国の地への旅路ときた。

銀花は彼女たちを慰め励まし、簡単な極の言葉を教え、彼女たちの夫との関係を取りもとうと奔走した。

夫に「助かる」と言われ、「旦那さまのためです」としおらしく言いつつも、銀花自身はそんなことは考えていなかった。

また銀花一人が頑張ったところで、部隊の夫婦すべてが円満な関係になるわけでもなく……というか円満になれた人間なんて、銀花を含めて一組か二組くらいである。特に駝伽に我が子を置いて嫁ぐはめになった女は、銀花にだってかける言葉がない。

中には嫁いだ時点で義務は果たしたとばかりに、自害を図る者もいた。

ただ男たちの名誉のために、この事実は添えておく。彼らは妻となった女たちには、総じて優しかった。

それもあってか他の女たちも、極に到着するころには、腹をくったか諦めたかして、騒ぎが起こることはかなり減った。

銀花自身も環境に順応はしたが、自己の中にある不快感に妥協はしなかった。

異文化の中に身を置くと、自文化のよい面に目を向けがちである。それを抑えつけると新しい環境に慣れていきはするが、半面それはかつての自文化を否定することになりがちだ。

それを銀花は自分に許さなかった。

自分は駝伽の女だ。

駝伽で育ち、駝伽に安らぐ。心地よさを感じる。

駝伽の文化こそが、永遠に自文化で、極の文化は永遠に異文化である。

そうであれ、と先王妃《せんおうひ》に育てられた。だからそのように育った。

先王妃の教えを肝に銘じる。

自分の中の不快感をなだめるのではなく、不快感に怒りを向けることで、現状を異常だと常に認識する。だからこそ駝伽への忠誠を保つことができるのだ。

あと、率直にいって銀花もこの旅はしんどかった。

さすがに、夫の相手をしながら、他の捧妻子を叱咤《しった》激励慰撫《いぶ》して、長旅の移動というのは辛い。

これは絶対に極のせいなので、生涯この恨み忘れない。

※

極に到着したあとも、銀花たちの旅は続く。

とはいえ、帝都まで行くというわけではなかった。泉源王府を通りすぎ、国境を越えたところで集団は二手に別れ、銀花たちは南西に進む。別れた女たちの中に相棒がいたのかもしれない。

最終的に帝都の南くらいにある大きな都市に着いた。そこが銀花の夫たちが駐屯する地であり、つまりは銀花がこれから暮らすところだった。

他国との交易品が一度集結するそこはたいへん活気があるが、帝都からはまあまあ遠い。

泉源王府と帝都を直線で結んだ距離くらい離れている。

――これって厳密には「先王妃のいた地に住む」とはいえないかな。

なんてことを銀花は思いつつも、そんなしょうもない理由で引っ越しをしましょうともいえない。

「ここが、私たちの家だ」

連れてこられた建物は、銀花が見慣れない様式で建っていて、極風のものでもなかった。

おそらく夫の国許《くにもと》のものを模したのだろう。

けれども門の前に、一本の木が生えていた。

「流蘇子《りゅうそし》……」

思わず声をあげると、夫が面白そうに笑った。

「ああ、お前の国にもあったな」

その声を背に銀花は流蘇子の木に近づくと、そっと手を当てた。

そして夫のほうを振りむく。

「私、この木が好きなのです。この家のことも、とても好きになれそう」

うに見つめてきた。

「そう、か」

満面の笑みを浮かべる銀花の顔を、夫は初めて見るものを前にしたように、もの珍しそうに見つめてきた。

※

極に着き、銀花以外の捧妻子たちにも笑顔が見られるようになってきた。

極の洗練された文化に、心奪われた者もいる。銀花はそれを責めはしない。駝伽を蔑むようになった者もいる。銀花はそれも責めはしない。

ただそういう女たちは、もう駝伽の人間ではない。銀花が利用したとしても、まったく心は痛まないのだ。

ただ「駝伽は好きだし、駝伽にはすべてがあると思う。でも、あそこには……都会だけはないの！」と言って、極の都会を謳歌《おうか》している女性の言い分は、露骨すぎて個人的に銀花は大好きである。確かに駝伽はいいところなのだが、都会感はない……。

しかも彼女は、幼少期に顔も見たことのない婚約者を喪《うしな》ったために寡婦の扱いをされていた娘だ。未婚のまま老いていくしかないところを、捧妻子になったために結婚できた立場であった。さすがに可哀想《かわいそう》だったうえに、銀花たち捧妻子の中でもとりわけ若いため、銀花はじめ他の捧妻子も彼女の態度になにも文句はない。

一人くらい掛け値なしに幸せになれる人がいてもいいよね……と、日々生を謳歌している彼女を、あたたかく見守っている。

実をいうと銀花は、駝伽の者であるかどうかについて、血をあまり意識していない。きっと、先王妃を見ていたからだろう。

極で生まれ育った姫。

駝伽の支配者に虐げられ、それでも駝伽の民に助けられもし、駝伽の民たちの将来を真剣に考え、死んでいった人。

死に臨む彼女の枕頭《ちんとう》で、「恩を返せなかった……」と呟《つぶや》いた彼女の涙声を、銀花は今も忘れられない。

銀花にとって、彼女が駝伽であり、彼女の死後もそれを守っていきたいと思っている。だから、血は関係ない。

彼女の血を引く乳姉妹《ちきょうだい》、そしてその娘は大事だと思う気持ちと、その考えは銀花の中で矛盾しない。

いかなる苦難があったとしても……という意気込みはあったが、極での生活はわりと快適だった。それは極人ではなく、越山人の妻になったからである。

捧妻子は過去にも何度か行われていて、前回と前々回は極人の妻を献上するためのものであった。多分、銀花の元上司の婚約者もこのとき連れてこられている。

極人の妻になった駝伽の女は、越山人の妻である銀花より立場が上である。だが、正妻ではない。極人の正妻は同じく極人で、駝伽の女たちは正妻たちから熾烈《しれつ》な虐待を受けていた。

銀花とともに極に連れてこられた者たちが、極で精神的に落ちついたのは、それを見たせいともいえる。

あれに比べればましであると。

一生国には帰れなくとも、大事にしてくれる夫がいると。

彼女たちの夫になった越山人は、妻になってくれる者が極でいなかったため、ようやく迎えた妻をそれはもう大事にしてくれる。

暴力を振るうものがまったくいないとはいえないが。

「おはよう、磬《けい》」

銀花はぎしぎしと鳴る階段をなるべくゆっくりと降りて、階下で朝食をこしらえている義妹と小間使いに声をかけた。

「おはよう。嫂《ねえ》さん、早いわね」

「そうかしら。あなたにだいぶ朝の支度をさせてしまったでしょう」

「でもほら……兄さんが、毎晩嫂さんのところに行ってるでしょ。そのう……疲れてるんじゃないかなって、思って」

自分は独身の娘さんになにを心配させているのだろう……と、銀花は一瞬だけ途方にくれた。とはいえ彼女は、銀花よりも二歳ほど年上なのだが。

銀花というか、越山人の妻の部屋は建物の二階の屋根裏部屋というべき場所にある。夫の部屋は一階にあり、夜になると妻の部屋にやってくるのだが、その際階段が激しく音を鳴らす。安普請だからというわけではない。誰かが来たらすぐわかるように音が鳴るようにできているのだ。

なので銀花の床事情は、義妹に筒抜けなのである。

でも銀花はこの義妹が嫌いではない。嫁いできた銀花に、きちんと気づかいをしてくれる人だ。

今だってそう。

「ごめんなさいね……私がいつまでもこの家に居着いているから、ゆっくりできないでしょう」

もう何回も言われているが、何回でも否定する。

「じゅうぶん、ゆっくりさせてもらっているわ」

これはおべっかではない。

極に来てはじめてわかったが、越山人の女性がいないわけではなかった。だが彼女をはじめ、極の越山人の女性は結婚したくないわけではなく、できない理由があって未婚なのである。

なんでも、越山人は同じ女性の乳を飲んだ者同士では結婚できないのだという。同族以外の女性から乳をもらうと、穢《けが》れを得るという思想もある。だから越山人の女性は、乳母を置かずもらい乳もせずなるべく自分で子に乳をやるらしいが、涛声が幼いころのっぴきならぬ事情があった。

隊商の中で病が流行し、人はばたばた死に、死にはしなくても母親が子に乳を与えられない状況が発生した。

病を免れた涛声の母ら数名の女が、子が死ぬよりは……と隊商の赤子らに乳をやった結果、数十年経《た》った今涛声たちの共同体の中では深刻な嫁不足に陥っているのだという。それが今回解決したことになる。

だが磬をはじめ女性たちの結婚について、まだ問題が残っている。

越山人の婚姻には他にもいくつかの縛りがあり、越山人は男性よりも女性が結婚しにくい。特に異民族相手だと。だから極にいると磬たちは結婚が難しいのだ。

銀花がこれを面倒くさいことだと思うのは、自文化の話ではないからだろう。けれども結婚を諦め、兄の子を育てることを楽しみにしていると寂しそうに語る義妹を見ると、ただただ胸が痛くなる。

選択肢がないというのは、とても辛《つら》いことだ。例の、婚約者を喪って未婚なのに寡婦扱いをされていた娘のように。

義妹に快く送りだされて、銀花は家を出た。

これから捧妻子に会いにいく。といっても、銀花と一緒に来た者たちにではない。前々回の者だ。前々回の捧妻子は未婚の娘が集められ、極人に与えられた。

「よく来たわね！」

諸手《もろて》をあげて歓迎してくれたのは、品のいい、銀花より十歳ほど年上の女性。どこから見ても身分の高い極の夫人に見える。実際彼女の夫の身分は高い。この都市の長官なのだから。

彼女は当初妾《めかけ》となり、ご多分に漏れず正妻から虐待を受けたが、その正妻が数年後に子を遺《のこ》さず死去したことで、自らが正妻の立場になった。嗣子も生んでおり、前々回の捧妻子の中でもっとも幸せを摑《つか》んだ女性といえる。

今の夫のことを愛しているかどうかは、銀花にはちょっとわからないが。

その幸せに首までどっぷりつかることはせず、他の捧妻子のことも気にかけている彼女を、銀花はうまくとりこめないかと考えていた。

といっても、間諜《かんちょう》になれと露骨に勧誘するわけではない。そうするには夫人はあまりにも、極で成功しすぎている。極人の子もいる。極に惜しむものがある人間は、勧誘するにしても、もっと相手のことを理解してから判断するべきだ。

しかしそうでなくても、情報源として伝手《つて》としてしっかり確保しておきたい人材である。前に同僚は言っていた。「運は力で、縁故は運」だと。真理である。ここでもしっかり縁故を構築しなくては。

「今日は、そう、お寺のことを教えてくれるのだったわね」

極で確かな地位を築いていても、駝伽のことを忘れていない彼女は、今みたいに新しく来た捧妻子を招いて話を聞きたがる。

特に銀花は、前夫についていったという名目で各地方に足を延ばしていたので、いろいろな話ができる。おかげですっかり夫人のお気に入り枠になっていた。

「ええ。夫人が駝伽を出たときにまだ建築中だったという、あの……」

なんとなく、だが、銀花は考えていることがある。

もしこの人が、あの元上司の婚約者だったのならば、ちょっと面白いなと。

こんなとき、銀花は自分が最低限しか人の心を持っていないと痛感するのである。

※

銀花は、思いのほか平和に半年以上を過ごしてしまった。

とはいえその間、長官夫人から情報を引き出したり、極が嫌なあまり脱出しようとした捧妻子の手助けをしたうえで、天色の人員として祖国に送り返したりとそれなりに工作している。

あと刺繍《ししゅう》。磬から越山人の図案を教わり、夫の衣服にひたすら刺繍をしている。

これが夫に、たいへん感動されてしまった。

妻にそうされるというのは、越山人（といっても、違う文化圏出身の者もいるので一概にはいえないのだが）の男にとって愛されている証《あかし》であり、また刺繍の上手《うま》い女を娶《めと》ることは大いに自慢できることなのだという。

これはちょっと理解できる。駝伽にもそういう概念はあるから。

刺繍というのは飾るためはもちろん、祈りのため、権威のためという意味あいをも持つ。

それは駝伽人にも極人にも越山人にも通じるものであった。

やはり刺繍は得ていて損のない技術である。

その損のない技術で、銀花は今産着《うぶぎ》に針を刺している。

極では越山人と捧妻子との間に、子が生まれはじめている。その祝いのためにだ。

ちなみに銀花は妊娠していない。避妊しているわけではないので、巡りあわせによるものだろう。

義妹は相変わらず優しい。なかなか子ができない銀花に、最近は子どもの話をしなくなったので、わかりやすく気をつかってくれている。

子について特にこだわりはない。子どもができたら目くらましになるし、子どもができなかったらそれはそれで身動きがとりやすい。

最近の捧妻子の間での話題は、育児に関することが主である。

あと夫たちの女性関係。

妻を大事にはしているが、それはそれとして娼館《しょうかん》に行くという者もいる。結婚前に皆で通っていたからその延長線上で……という感じらしい。こういう悩みはどこの国でもあるのだなと銀花は思っている。

本人は隠しているつもりのようだが、涛声もたまに行っているので、銀花としてはありがたい。

これで涛声だけ身持ちが堅かったら、愚痴を言いあう捧妻子たちの間で話が合わないうえに、へんに嫉妬とかされてたいへんに困る。

が、今みたいに夫に詰めよられるのも困る。

「私が娼館に行っていることについてだが」

「は……」

翌日の夕飯の支度の最中、帰宅するなりこんなことを言いだす夫に、銀花は素で目を白黒させた。

「兄さんそんなところに行ってるの⁉　なにしてるの！」

義妹が悲鳴のような声をあげた。

「行ってない。いや行ってはいるが、やってない」

銀花ははじめて声を荒らげる。

「未婚の女性になにを言っているんですか、あなたは！」

義妹を抱きよせて抗議する銀花に、涛声はがくがくと頷《うなず》いた。

「あ、ああそうだな。お前はちょっと近所にでも行ってきなさい。ほらお小遣いあげるから、みんなで飴《あめ》でも買って」

「私たちもう子どもじゃないのよ⁉」

珍しく夫が慌てている。

「上でお話ししましょうか」

「そ、そうだな」

二人してぎしぎし音を立てながら、二階にあがる。

向かいあって座ると、夫はそわそわと問いかける。

「お前はその、気にしないのか」

「はい？　いたしかたないことですね。特にわたくしの月のものがある日は、旦那さまのお相手をできませんから」

「そう、いうことではなく」

夫がばりばりと頭を掻《か》いた。

「家計に響かなければ、わたくしが物言いをするべきことではないと……」

「そういうことでもなく！」

夫が声を荒らげると、階下から義妹の叱咤《しった》が飛んでくる。

「兄さん、嫂さんに怒鳴ってるの!?　兄さんが悪いんでしょ！」

「違う！」と階下に一声叫び、涛声が声量を下げた。

「いやまず誤解を解くのが先だ。付きあいで行きはするが、芸と酒食を楽しむのが主で、娼婦《しょうふ》とは会話だけするくらいだ」

「会話だけ……」

なるほど、意味深な意味でのやつ。

「お前と何を話せばいいのかわからないから、話題を集めたくて」

「はあ……」

それでなんとなく納得した。最近装飾品だとか化粧品だとか、洒落《しゃれ》づいた話題を振ってくるとは思っていたのだ。

ただ内容は、流通に関する堅苦しいものだったが。

文物の流通に関する話題はそれはそれで貴重なのでありがたく聞いていたが、そういう観点がなければ正直楽しめるものではない。

「旦那さま。正直、極の娼婦から集めた話題より、駝伽の女性たちから聞いた話のほうが、わたくしには耳になじみやすいので、部下の方とよくお話ししたほうがいいですわ。ご家庭で奥方とどういう話をしているかなど」

「そ、そうか？」

「それにわたくしは、旦那さまが無理に話題を絞りださなくても、一緒にいてくださればじゅうぶん幸せですわ」

と言って、銀花は夫にすりよった。

嘘《うそ》じゃない。この筋肉、見てるだけで幸せなのに、触れるのだ。

「そうか！」

涛声が一声叫んで銀花を抱きしめる。

「兄さん！」

間髪容《い》れず、義妹の叱咤。

「お前は聞き耳を立てるのをやめなさい！」

「そういえば旦那さま」

「なんだ？」

「今、市の端のほうに新しい隊商がやってきて……西から来たのだとか。こちらに定着するそうですね？」

「ああ、お前の耳に入るほど噂《うわさ》になっていたのか。ここに留《とど》まるつもりなのは、半数のようだが」

「旦那さまのご同郷なのですか？」

「地方は少し違うが、まあ、そうだな……そのよしみで、長官に渡りをつけてほしいと頼まれている」

「嬉《うれ》しいですね」

「そうか？」

「異国の地は、仲間がいればいるほど心強いですもの。旦那さま、よかったですね」

「そう、だな……」

涛声が銀花の体をぎゅうと抱きしめた。

抱きしめかえしながら、銀花は少し失敗したなと思っていた。

「娼婦から集めた話題より、駝伽の女性たちから聞いた話のほうが」と言ったものの、駝伽の女たちからの話は自分で聞きにいける。しかも前者については、長官夫人とのおしゃべりでけっこう役にたつものだった。

これまでどおり、娼館で聞いた話を流してもらったほうがよかったのに、自分ときたらどうしてそういうふうに誘導しなかったのだろう。

「その……隊商での、私の買い物についても耳に入っているのか？」

「はい？」

質問に質問で返してしまったのは、心当たりがまったくないから……というより、そう受け答えしたほうが自然だからだ。銀花はもちろん把握している。

銀花の手をとった。

「これを」

渡されたのは石を削りだした腕輪である。外国から来た隊商から求めたわりに、異国情緒はあまりない。むしろ極風のものだ。この国にいるうえでは身につけやすそうなものではある。

「まあ……」

てっきり娼婦に渡すのだと思っていたので、銀花は夫の買い物をまったく気にしなかったのだが、自分に渡されるとなると気になることがある。

「旦那さま、あの、家計のことは……」

贈り物をした直後に物言い。興ざめだと不機嫌になってもおかしくないところだが、夫は「お前はしっかりしているな」と笑いながら、銀花の頭を撫《な》でた。

「これまでお前にこういうのを渡してやっていないからな。これから少しずつ揃《そろ》えていこう。家計に響かない範囲で」

「はい」

銀花は最後の一言に頷いた。

新たにやってきた越山人の隊商は、銀花にというより、捧妻子たちにちょっとした波乱を招いた。

隊商の中にいた女性たちが、元からいた越山人と縁組みを結びたがったのだ。

特に現地でいちばん地位の高い男性――つまり銀花の夫が狙われた。この場合妻がいることは問題ではない。越山人の女性にとって、越山人以外の妻というのは妾《めかけ》でしかないので。

——近々離縁されるかもしれないな。

銀花は特に悲観するでもなくそんなことを思っている。むしろ妾として留まるほうが、待遇が悪くなりそうで嫌だ。今こそ花嫁衣装の売りどきだろうか。

涛声は越山人の女性からの縁組みを特に断りはしていない。そして、銀花に対して一歩引いているというか、ご機嫌をとるような態度を見せるようになった。

窓辺にもたれながら刺繍《ししゅう》をする。越山人好みの図柄にもすっかり慣れてしまった。

窓の横を誰かが通る気配がする。

「……泉源王が来る。探れるか」

銀花は顔を上げなかった。きょろり、と眼球だけ動かす。きりのいいところまで刺して、丁寧に糸を切った。

泉源王が、地方行政機関の長として極に入国した。

これはかなり珍しいことだ。銀花は「母国のことを少しでもいいので知りたいです」と夫に頼み、泉源王の動向について教えてもらった。涛声は最近妙に気をつかってくるので、積極的に情報を持ってきてくれた。

泉源王が怪しいという、情報しかなかった。

泉源王が皇帝の謁見を受けた。そして現在王女しかいない駝伽王室の跡継ぎとして認定されたうえに、王号が格上げされた。

泉源という字が一字減って、今後は泉王と呼ばれることになる。この格上げは極めて異例なことで、泉源王改め泉王が裏工作をした可能性が高かった。

——だから言ったじゃない。あんまり信用できないわよって。

内心で乳姉妹《ちきょうだい》に文句を言う。

そして今後の方針を考える。今後、泉王が極の王室にどういう人脈を持っているか特定したい。そのためには今の立場では心もとない。

夫は越山人としてはそこそこの地位だが、極の官吏としてはかなり物足りない。彼経由で得られる情報は、それほど価値のあるものではなかった。

あとなにより、帝都から遠すぎて、情報の鮮度が悪い。

──極の宮城に潜りこめるか……。

自分で情報を入手するなら、そこまでの地位は必要ない。洗濯婦などでもいい。極に来て一年。銀花は自分の極語に自信を持っていた。買い物をしていると極人だと間違われることも多々ある。駝伽人であり越山人の妻であると訂正すると、漏れなく蔑む目線を向けられるが、そんなことでいちいち腹を立てていたら体がいくつあっても足りない……いや、腹は立てておくにこしたことはない。

仕事への意欲を保つために、極への反感なんてものはなんぼあってもいいものだ。

さて宮城に潜りこむとなると、夫の縁組みは喜ばしいことだ。夫が正妻を迎えるのを機に、自分は身を引く……という感じで穏便にこの家を出られる。

穏便、たいへんいいことだ。


なるべく早く動かなくてはならない、と銀花は考えた。

しかし娼館《しょうかん》の件という前例がある。義妹が同席すると話がややこしくなりそうなので、彼女がいないほうがいい。

夜だと未婚の娘を外に出すのは問題があるので難しいが、幸い、最近夫は昼食のために帰ってくることがあるので、そのときを狙った。

「旦那さま、お話があります」

「うん？」

「旦那様に、縁組みが、と伺っております」

「ど、どこで聞いた！」

わかりやすく挙動不審になった夫に、銀花は演技ではなくびっくりした。

「え、あちこちから……」

「あちこちから!?」

てっきり、銀花の耳に入っていることを承知のうえで黙っていたのだと銀花は思っていたが……。

さてはこの男、意外に目端が利かないぞと、銀花は静かに夫への評価を下げた。

一言発する度に大声で聞きかえされては、話がいつまで経《た》っても進まないので、必要なことを一気に、淡々と言う。

「それで、ご正妻はきっと、私がいると不快になると思うのです。そこで今後の私の処遇について早めにお聞きしたくて……あの、離縁後の身の振り方も考えなくてはいけませんし」

この目論見《もくろみ》は見事に失敗した。

夫に激しく抱かれながら、さては意外に愛されているな？　と銀花は思った。が、たいへん困る。仕事に支障が出るなら、あの手段に出るしかない。

できれば穏便に済ませたかったのだが……主に義妹のために。出ていくにあたって、彼女の心に必要以上に傷を残したくないと思う程度には、情は湧いていた。

こっちがせっかく穏便にすませようと思っていたのに、よけいな手間をかけおってという思いがあるので、夫に対してはあまりそういう気持ちは起きなかった。

手段が手段なので、残念ながら花嫁衣装を売るのは諦めた。

すっかり夫好みの味つけができるようになってしまった料理を、義妹と一緒にもしゃもしゃ食べる。夫は今日は帰らないのだという。

「嫂さん……」

義妹は食が進まないようだった。

「ん？　どうしたの？」

銀花は彼女に、肉の大きいところを手渡す。祖国では匙《さじ》や箸を使うから、最初は手づかみで食べることに少し抵抗はあったが、すっかり慣れてしまった。

「ありがと……私ね、嫂さんが兄さんの奥さんになってくれて、本当に嬉しいと思っているのよ」

「ありがとう。私もあなたが義理の妹になってくれて、本当に嬉しかった」

これは嘘《うそ》ではない。

誰かに優しくされることは嬉しいものだ。

なにより銀花はこの家に帰ったとき、彼女に「おかえりなさい」と出迎えられるということが好きだった。

年齢が違う、民族も違う。

けれども流蘇子《りゅうそし》が門前にある家で女性に出迎えられるということが、先王妃《せんおうひ》に育てられたあの優しい日々の思い出を優しく刺激してくれた。

いい場所だったな、と銀花はこの一年を振りかえる。

銀花の中ではすでに過去形になっていたけれど。

雨が降った日、銀花は窓枠に布きれを結んだ。翌日それが消えているのを見てから、銀花は長官夫人のところに出かける。

そして家には戻らなかった。

――さようなら康夫人……あなた死ぬの二回目ね。

銀花はそう思いながら、つるりとした腕輪を撫でた。

門の前の流蘇子はつぼみが膨らんでいた。

その花開くのを見ないまま去ることが、銀花は少し残念だった。

※

泣き声が聞こえる。

妹のものだ。昔、母が死んだときも彼女はこんなふうに泣いていた。あのときは一生懸命慰めたものだ。

今は慰める気が起きない。そんな気力がない。

自分だって妹のように泣きわめきたい。

そんなことを思いながら、涛声はぼんやりと窓辺にもたれかかっていた。

もう何日もそうしている。

といっても、上官がさすがに気を遣ってくれて、しばらくは仕事をしなくていいように取りはからわれている。

妻が死んだのは、もう一月も前のことだ。帰ってこない彼女を捜しまわっていたら、町の中を走っている大きな川から見つかった。

一月経っても、妹はずっと泣きつづけている。

妻と一緒に極に来た女たちも、ずっと嘆いている。

妻に愛されているような気はしなかったが、妻は自分のことを大事にしてくれていることは疑いようのない事実だった。

部族の中で自分の階級がいちばん上だったから、涛声はずっと周囲を守らなくてはならない立場だった。仲間を大事にしなくてはならないと気を張っていた。

だから誰かに大事にしてもらえるのは、自分で思っていたよりもずっと幸せな気持ちになれた。

「兄さんがちゃんと嫂さんを大事にしなかったから！」

妹の叫びを否定するつもりはない。少なくとも涛声は、妻がそうしてくれたほど、彼女を大事にできてはいなかった。

涛声は膝を抱えこんで座りなおした。膝に額をぐり、と擦《こす》りつける。

その彼女がもういない。

けれどもふしぎなことに、胸の中にあるのは喪失感ではない。

違和感だ。

涛声は途切れ途切れの気力を振りしぼって、その違和感が何なのかを探る。

妻の葬儀の際に、妻が世話になったという夫人がやってきて、涛声のことを言いたいだけ責めた。別にそのことはどうでもいい。

夫人は生前の妻が最後に会った人間で、その時に妻が「自分は離縁されるのではないか……」と嘆いていたと告げた。

「もしかしたら彼女は自殺したのではないか？」

それが、おかしいと思った。

くどいようだが涛声は、妻がそうしてくれたほど、彼女を大事にできてはいなかった。

だがそれはそれとして、彼女の人となりを彼なりに理解していた。

間違いなく言えること――あれはおそろしく自制心の強い女だ。意外に誇りも強い。

その自制心の根源がなんなのかは涛声にもわからない。だが彼女が他人に取りみだした様子を見せるということはありえない。

それだけを根拠に、涛声は妻の行動のおかしさを追い求めている。

彼女は自分の女関係を疑ったとしても、それに動揺する人間ではない。事実娼婦《しょうふ》のことも、涛声に来た縁談のことも落ちついて受けとめていた。あれは演技ではない。

愛の有無は、離縁されるされないとは関係ないかもしれない。だが妻は涛声に依存しなくても生きていける女だ。下手をしたら涛声よりも極語を流暢《りゅうちょう》に話すし、刺繍《ししゅう》の腕前は類を見ない。それこそ長官夫人のところで針子として働くこともできる。

ただ……これらの考えはすべて「妻は死んでいない」と思いこみたい自分の妄想にすぎないのかもしれない、と涛声は自らを疑っている。

客観的な材料は、妻の死を証明している。

けれども涛声の主観は、妻が生きていると認識しているのだ。

とはいえ生きていたとしたら、彼女が自分から逃げたという事実が突きつけられるだけなのだが……。

けれども仮にそうだったとしても、彼女が生きていたら自分は嬉《うれ》しい。

——私、この木が好きなのです。この家のことも、とても好きになれそう。

この家に連れてきたときの彼女の笑顔が忘れられない。次にあの花が咲いたら、彼女の髪に飾ってやろうと思ったのだ。

濤声は顔を上げた。窓から門が見える。流蘇子はそれより少し高かったから、花が咲いているのがよく見えた。

満開だった。

濤声は立ちあがった。階段を降りるとぎしぎしと音が鳴る。

妻の部屋から出てきた濤声を、妹が茫洋《ぼうよう》とした眼差《まなざ》しで見あげる。

「どうしたの？」

「慎を捜しにいく。その前にお前は嫁に行け」

濤声がそう言ったときの妹の顔ときたら、明らかに気が触れた者を見るような、怯《おび》えたといってもよいものだった。

※

今ごろ、銀花はなにをしているだろうと金仙は思っていた。

他に考えなくてはいけないことは、いくらでもある。女王・金仙の人生において、銀花という存在の優先順位は低い。

客観的には。

だから、銀花のことを考えているということは、今自分が多分に主観的な、とりとめのない思考に陥っている状態なのだと、金仙は一種の目安のようにとらえている。

無理もないかな、と金仙はこの状態を諦める。いや、むしろ上出来だと自分を褒めてやってもいいくらいだ、現状は。

毒を盛られて一命を取りとめた。その状態で、矢継ぎ早に指示を飛ばし、今ようやく一人に——といっても側付《そばづ》きはいるが——なったところだ。

金仙は目を閉じた。

心が不安定なとき、考えるのは母と銀花のことだ。そして彼女たちと一緒に暮らした家のことだ。

銀花は門庭に生えていた流蘇子のことをよく口にするが、金仙は門をくぐったところにまばらに生えた三本の青桐《あおぎり》のほうをよく思いだす。花については確かに流蘇子のほうが好きであるが、好悪とは別の理由によるものだ。

「ほら見てごらん、金仙。一本が大きくて、他の二本はまだ小さい。あれはわたくしたちみたいだね」

母がそんなことを言ったとき、銀花はいなかった。理由は覚えていない。

「どっちが金仙で、どっちが銀花なの？」

小さい青桐同士でも、大きさに違いがあった。母は笑って片方を示す。

「金仙はあっちの小さいほう。銀花のほうがお姉ちゃんなのだから、大きいほうだよ。そうでしょう？」

母は外国の生まれだからか、話し方が端的なところがあった。側付きたちのような、たおやかな、回りくどい言いまわしは苦手だった。

とはいえ、側付きたちもこの厳しい日常の中で、そんな婉曲《えんきょく》な言いまわしだけを使うわけではなかったが。

「金仙のほうが大きいのがいいの！」

「どうして？」

「だって金仙のほうがえらいでしょ！」

母がそれまで浮かべていた笑みを、すっと消した。

「そう、金仙のほうが偉い」

金仙は怯《ひる》んだが、母は金仙の言うことを否定はしなかった。だから金仙は嬉しくて笑ったが、母は笑いかえしてはくれなかった。

「でも、その事実に胡座《あぐら》をかいてはいけない。それに気をつけていさえすれば、銀花は、金仙のお姉ちゃんは、ずっと金仙を助けてくれるはずだよ」

——助けて……。

まるで反射のように、目が開いた。

きょろ、と眼球を動かすが周囲にお姉ちゃんが——銀花がいるわけはなかった。わかっている。彼女が自分を助けてくれないというわけではない、今も遠いところで自分を助けるために動いている。

でも、金仙はそのやり方を望んだわけではなかった。

金仙はまた目を閉じた。

意識が混乱しているからか、今度は母が死んだ後の記憶が脳裏を巡る。

母の死後王宮に招喚された金仙は、次期女王として扱われることになった。皇帝の代替わりに伴い、極からの圧力がかかり、極の皇女の娘を世継ぎにと強要された……と、父に苦々しく言われた。彼に対しては、もとよりなにも期待していないから、それで憎しみがつのるということもなかった。

だが、極の新帝は、母の兄は許せない。圧力をかけるならもっと早くかければよかった。そうすれば母は、あんなに早く死ぬことはなかったのに。

金仙は駝伽を愛しているが、その愛の純度を疑ってもいる。極への憎悪の裏返しではないか、と。

でも悪くない出会いもあった。異母兄は意外なことに金仙に好意的だった。もちろんそれが上っ面だけのものであることを疑っていなかったが、ある日異母兄は金仙に淡々と告白した。妙に深刻な雰囲気を作らないところはよかった。

「私はね、男しか、愛したくないんだ……」

だから、子を儲《もう》けなくてはならない立場になるのは嫌だったのだと、金仙がいてくれて助かったのだと。

金仙の努力とはまったく関係のない理由だが、それで金仙は少しだけ心が楽になったのだった。

それはそれとして、言うべきことは言った。

「……それをわたくしに言ったら、あなたの武器が一つ減るのでは？」

「その武器を手渡したから、君の臣下になったと思ってくれ」

「わたくしがそれを盾に、あなたの既得権益を奪おうとするかもしれない」

「そうなっても別にいいさ。異母妹が苦境にあると知りつつ、特に手を貸そうとしなかった報いだ」

ああこの男は王に向いていないな、と金仙は思ったものだ。潔いといえばそうなのかもしれないが、自らの立場から逃げている。

でも異母兄には悪いことをした。結局は妃《きさき》を娶《めと》るしかない状況に追いこんでしまった。ただそれはそれとして、妃をあれほど暴走させたあたり、やはりあの異母兄はいろいろと足りない。

異母兄自身は金仙の即位後は常に腹を見せているような態度ではあるが、もう少し考えてほしいとか、あらかじめ相談してほしいとか、思うところはたくさんある。

泉源王から泉王に格上げされた点も……極入りする前に一言欲しかったな、と。

極の皇帝である伯父《おじ》が、駝伽に圧を加えようとした措置だ。金仙は異母兄を疑っていないが、廷臣はそうではないので、今後異母兄と仲がいい様子を周囲にもっと見せつける必要があるだろう。

ま、そこについて異母兄は底抜けに協力的だからいいといえばいい……のか？

「おお、姫！　今日も底抜けにお可愛《かわい》らしく！」

なんて独特な修飾語を選びながら、金仙の娘とお馬さんごっこをして遊ぶ姿は、人さまにあまりお見せしたくないのだが。

子を儲けるつもりがないわりに、あるいはそれだからこそか、異母兄は金仙の娘を溺愛していた。

「この姫がいるのに、世界はなぜ平和にならないのか……」

なんてことを言っていたこともある。娘にへんな期待をかけないでほしい。

父王が異母兄の事情を知っていたかどうか確認したことはないが、知らなかったのではないかと金仙は思っている。「どうしてあいつは消極的なんだ」とぼやいていたことがあったから。

積極的すなわち、金仙を殺すということなので、それを金仙の前で言うことには明確な悪意を感じた。

ただ父王は金仙のことを疎んじていたが、王としての引き継ぎはきちんとしていた。異母兄が金仙を支持する姿勢を確立したところで、天色について引き継ぎを行った。

そうして引きあわされた当時の長は、金仙の知っている顔だった。

連れている者の顔も。

「ご無沙汰しております」

「どうして……いえ、そうね。お前が天色であるならば、母にこれ見よがしな見張りがついていない理由もわかる」

母と共に追いだされた側付きの一人が、そこにいた。母と一緒に、金仙たちを育ててくれた人のはずだった。

おそらく、金仙が知らないところで母に襲撃を加えようとする派閥もあったのだろう。父王はそれをあぶりだすために、わかりやすい護衛をつけず、天色を母の周囲につけた。それは母を守るためだったのではないか……と思ったところで金仙はそれを否定した。

「ふるいわけもしてたのか。ずいぶん効率よく使われたものだ、母は」

守るためなら、あんな苦しい生活を母がする必要なんてないのだ。

相手は否定しなかった。

「全員が天色？」

「ええ」

金仙の中で、苦しくはあったが幸せだった生活はその事実で消えたりはしない。

……しないが、じわじわと汚れていくのを感じた。

——銀花も？

その思いを読まれたかのように、長が首を横に振る。

「ですが、この娘の母親だけは違います」

「ではなぜこの娘はここにいる」

彼女は、あの家にいるのだと思っていた。もう金仙が帰れないあの家に。

長は「お前が答えなさい」と銀花を促した。ひれ伏していた銀花が顔をあげる。ずいぶんと美しくなった……。

「私は、亡き王妃さまのご遺志を守りたいのです」

「遺志？」

我ながら馬鹿にしたような響きが宿った声だった。

ただただ周囲に振りまわされた女に、どんな遺志があるのだと思った。

「あの方は、あの方なりに野心がおありでした。だからこそ、今あなたさまが世継ぎの立場においでなのです」

「どういうこと」

「あなたさまが即位されたのちにお話しいたします。ただ……あの方は、駝伽を愛しておいでした。私はそのために、天色に入ったのです」

——わかるわね？

銀花の目はそう語りかけていた。金仙は思った——いや、さっぱりわからない。なんでそんな文脈になるのか。

ただ、母がこの国を愛していたことについては異論はなかった。

そして銀花が、母をこのうえなく愛していることを。

ぱち、とまた目が開いた。

すぐ近くに人がいる。

——銀花？

違った。だがよく知る相手だ。自分の夫。

「すまない、すまない……」と言って泣く男に声をかけようとしたが、それはかなわなかった。

申しわけない、と思う一方で、これでいいのだとも思った。これ以上、この男への情が深くなるような行いは避けるべきだ。

そうでないと、自分の心が死んでしまう。自分はまだ死ねないから。だけど……。

――助けて。

心の中でもう一度呟《つぶや》き、金仙は静かに目を閉じた。

言っておくが、死んだわけではない。

次に目が覚めたら、やらなくてはいけないことがある。


「銀花……」


「誰……？」

呟きを聞いた金仙の夫は、思わず間抜けな声をあげた。

けれどもこの部屋にいる別の人間は、それが誰だかわかっている。そして女王の声を聞いて動きはじめる。

※

自分は極では、間諜《かんちょう》として向いてるかもしれない。

皇族の一人の屋敷《やしき》で、気楽な洗濯婦生活兼気を張る間諜生活を始めた銀花は、最近、そんな自信を持ちはじめている。

なぜなら極では、銀花はそこまで美人じゃないのだ。駝伽とは微妙に美的感覚がちがううえに、さすが都会なもので、美女がそこらへんに転がっている。なので銀花がそこらへんをうろうろしていても、気にとめる人間はほとんどいない。

そりゃあ銀花だって素人じゃないので、いかにも……という感じでうろついたりなんてしないけれど。

でも、そこらへんを歩いているだけで男に声をかけられるという生活は、間諜としてはたいへん不利だったので、現状にはたいへん助けられている。

帝都に到着した時点で天色の極帝都支部（と銀花が勝手に呼んでいる）の面々に回収された銀花は、そこで新たな身分と仕事場を与えられた。今の銀花は康夫人あらため、李徽《りき》という女だ。

なお康夫人のときと変わらず、寡婦という設定。極でも、未婚の二十過ぎの女が働くと悪目立ちするのだ。なので新しい職場では、李夫人と呼ばれている。

その李夫人は洗濯物をゆすぐ手を止めた。自分の背後に人が立っている。

「こんにちは、お隣いい？」

「どうぞ」

銀花は顔をあげず返事をした。隣に屈《かが》む者の袖口をちらりと見る。三つ並んだ玉結びを確認して、銀花は洗濯を再開した。

「お前の夫が、お前を捜している」

「ちゃんと偽装したのに？」

銀花はうんざりした気持ちになった。けっこう面倒くさかったのだ。

家を出た日、銀花は橋の下に転がっていた死体と自分の服を交換して、顔と片手首を潰してから川に沈めた。その死体は今横にいる者が用意したもので、顔はともかく背格好は自分によく似ていた。

相手の手首が銀花のより太すぎて腕輪が入らなかったから、腕を潰すのは予想外に骨が折れた。でもおかげで他殺の線でも自殺の線でも、どちらでもとれる感じで工作できたと銀花は自負している。

温暖な時期だったから死体は若干傷んでいた。発見されるころには腐敗がもっと進み、腕が魚に食われて千切れたのかそれとも物取りに切り落とされたのか、わかりにくくなっているはずだ。

やっていて気分のいい作業ではなかったが。あのあたりで漁をする人にも、多少は申しわけないが……まあ元々死体がよく浮くところだったから、そこは今さらか。

極が駝伽より文化的に進んでいるからといって、治安が劇的にいいというわけでもない。しかも帝都でもない街だからなおさら。だからこそ、元夫のような異国人も軍人として雇い入れて駐留させているのだろう。

そうそう、その元夫についての話だった。

「信じたくないらしい」

どういうことだろうか、と銀花は眉をひそめた。

「ずいぶん愛されているな」

「だとしても、もう戻ることもないんだから」

相手だってわかっているはずだ。これ以上無駄な話をするのはやめてほしい。銀花はこの、顔も見たことのない「相棒」を信頼し、憧れてもいた。がっかりしたくない。

「……殿下が病に伏されている」

銀花は思わず上げそうになった顔をなんとかこらえた。

「今、私を試した？」

「うん。だが殿下のことは事実、重篤」

それを聞き、銀花はよいしょと立ちあがった。いかにも洗濯が終わったという様子で、籠を持って立ち去る。

焦燥で胸がいっぱいだった。駝伽で女王が病に伏して、しかも命にかかわる状態。同時に泉王に対する疑いは目減りした。あまりにもできすぎていて、これで女王が死んだら駝伽国内が荒れる。

それはきっと、極の望むことだ。だから自分はここで情報を集めるのがなによりも望ましい。

「……王夫が犯人だ」

銀花の手から、洗濯物が落ちた。

「あーしまった！」

「なんてこと！　大丈夫？」

……なんて、「洗濯物を落としてしまった人」らしいやりとりをしながら、銀花の頭の中でぐるぐると思考が巡る。

王夫。女王の夫。姫の父親。

女王と打ち解けはじめていたはずの。

嘘《うそ》ではない。この相棒がそう告げるのなら、真実なのだ。

銀花の主君は、この事実にどれほど悲しむだろうか。

「だから……あなたは駝伽に戻らなくてはならない。殿下はきっと、悲しまれることになるから」

会話の中、銀花が薄々と察していることがある。

ずいぶんと断定的な言い方をする。それはつまり、これが命令なのだということ、銀花はもうこの世界に戻らせてもらえないということなのだ。

だから、この相棒は自分と会話しているのだ。

「それを、私は……自分で探りだすことが、できなかった。私ってやっぱり、その程度なんだわ」

「そんなことはない。あなたは……確かに、この仕事には向いていないかった。でもそれを補うだけの機転と、物事を正しく恐れる力を持っていた」

「………」

「この情報を得たのだって、あなたが天色に送りこんでくれた捧妻子の彼女がいてくれたからで、それはあなたのおかげだ」

「……ありがとう」

銀花は苦笑した。

「私たち、これがきっと最後なのね。一緒に仕事をするのも、もちろんこんなふうに会話をするのも」

これまで彼もしくは彼女と話をしたことは一度もなかった。せいぜい一方的になにかを告げられるくらい。

それがこんなに長々と、しかも仕事以外の、もはや愚痴といってもいいことまで話しているなんて、本当に最後なのだ。

銀花は顔をあげた。あえて見ないようにしていた相棒の顔を見る。のっぺりとした顔。顔よりも、首の大きなほくろのほうに目が行くような、その程度の印象の顔。

その相手が口を開く。

「さようなら、相棒」

「うん、さようなら、新月さん」

そう言って銀花は、依然として本名は知らないけれど、顔を知ることのできた相棒に、洗濯物を渡した。

こんな感動のない別れが、自分たちにはちょうどいい。

とてもうまく別れられた気がする……と思った銀花は、この少しあと、上手にお別れできなかった現実と直面することになってしまい、頭を抱えることになる。

※

出奔なんてことはせず、銀花はちゃんと下働きのとりまとめに暇乞《いとまご》いをした。身内が死にそうです、という、間違ってはいない言い分で。

給金が支払われる前ということもあって、あっさり受けいれられた。

こんなとき、それほど重要な立場でないと身動きがとりやすくていい。それに必要もないのに出奔したら、他の雇人が——ひいては後から入りこむかもしれない同僚が、いらぬ締めつけを受けるかもしれない。

跡を濁さないというのは、鳥でも人でも立ち去るとき大事なことだ。

つい最近勤めはじめたばかりだから、そんなに物は持っていない。それらを持って、銀花は慌ただしく荷物をまとめて屋敷を飛びでた。

とりあえず街の外に出るための馬車に乗ろうと乗り場に行ったら、ちょうど出てしまったところだった。次の馬車を待とうと、乗り場の隅に腰掛けたところで、荷物の隙間から腕輪がころりと転がりでそうになった。

涛声からもらった腕輪だ。死体の偽装工作の際に手放すつもりだったのに、機会を逸して持ちつづけていたものだ。

――この旅で、役に立つかもしれないな。

道中、誰かに鼻薬を嗅がせる必要が生じる場合があるかもしれない。男相手だったら体を差しだせばだいたいうまくいくのだが、女性相手だったらこういうものがあったほうがいい。

使えなかったとしても、同僚に渡して天色の共用品にしてもらえばいい。

腕にはめようか迷って、銀花は荷物の中にしまいなおした。金品を持ってますと露骨に主張しながら旅をしたところで、いいことは何もない。

荷物を抱きこみながら、銀花は女王のことを思いだしていた。

彼女のことを思いだすとき、いつも幼少期のことから頭に浮かぶものだったが、今回は違った。

それはつまり、いつもは女王と先王妃《せんおうひ》を一緒くたに考えているということだ。今は女王のことだけしか考えていない。

──私、意外にあの子個人のこと、好きなんだわ。

こんなときにずいぶんと間抜けなことを考えているものだ。

でもそう、彼女のことを、嫌いだと思ったことは子どものころ何回もあるが、憎いと思ったことは一度もない。

先王妃は、銀花の美化された記憶の中にあっても、決して聖人というわけではない。むしろ天色としていろいろと知っている銀花からしてみると、実に前向きにこの国を乗っとろうとした女性であった。


この国を愛している人間にしか、この国は上手に統治できない。

夫はこの国を別に愛していないが、私はこの国を愛している。

だから私がこの国を統治する。

という三段論法で。

それで天色の当時の長を丸めこみ、極とつなぎをつくり、娘を即位させる道筋を作った。

そして自身が王太后として権力を握るつもりであった。

褒められたことではないかもしれないが、違法なことはまったくしていない。王太后が力を持つなんて、よくある話だ。

もっとも先王妃は、志の半ばどころか前途遠くして病死してしまったのだが。

「もし、あの子が駝伽を愛さないようなら……あの子は王にふさわしくない。だから、見張っていてちょうだい、銀花」

「はい」

彼女の手を握り、銀花は涙声で確かに誓ったのだ。

なおこのとき銀花は、天色のこととかまったく知らされていなかったし、もちろん先王妃の暗躍を同時進行で知らされていたわけでもない。

それはもう感動的な、お涙ちょうだいな感じの末期の別れであった。

なので銀花たちの周囲にいた天色のおばさまたちは、先王妃への思い入れが深い銀花を天色に迎えいれるかどうかで、仲間内でもけっこう揉《も》めたらしい。特に前の長が。裏側を知ったら、心が折れるんじゃないかと……。

実際の銀花は、こんな感じだったが。

「ええ〜、あのときそんな感じだったんですか、あはは」

「そうだったのよ〜」

「それでね、それでね、あのとき王妃殿下ったら、ものすごく悪辣な顔されててね！　いやあ、見せてあげたかった！」

「うわ〜、見てみたかった！　それにしても、王妃殿下の演出、演出だってわかった状態で拝見してみたかった！」

それで「この子は天色でやっていける」と、ようやくおばさまたちの意見が一致したのである。


銀花としては、裏側を知っても幻滅なんてまったくない。

むしろあれほど「この国を愛している」と言っていた人が、なにも行動に移さないまま死んだことについて、なにかしら引っかかりを感じていたのが、「やはりあの方は有言実行の方だった！」と確信を得てすっきりした気持ちになったくらいである。

先王妃が生きていたら、こんな事情を知ることはなかったと銀花は思っている。大恩ある人ではあるが、ただの遠い憧れのままで。

悲劇に耐え忍び凜《りん》と生きた……生きるだけだった先王妃の姿は、銀花が薄々演出だと察していたからか、どこか理想的すぎるというか、薄っぺらなところがあった。銀花は天色に入って初めて彼女を立体としてとらえることができた。

先王妃は死んだことで、銀花の中で尊敬の対象として完成したといえる。だから銀花は心おきなく天色の職務に取りくむ所存だった。

が、銀花が天色に入ったことについて、今度は金仙が引っかかりを感じたようで、それをまだちょっと引きずっている。ままならないものだ。おばさまたちが健在なうちに、あのげはげは笑った会話、彼女の前で再現してやればよかった。

みんないなくなったし、自分も変わってしまった。

今の自分は、仮に金仙が駝伽への愛を揺らがせたとしても、彼女になにもできやしないだろう。

生きていてほしい、それだけでいい。

仮に彼女が国ごと破滅の道に突きすすむとしても、それについていく。

——お許しください。

銀花は内心で、先王妃に詫《わ》びた。そう、自分はもう国益のためではなく、金仙のためにしか動けない。どのみち、天色にはいられないだろう。

天色は、ごくまれにだが、国益に反した王を排することもある。先代の長が先王妃の提案にのったのもそのためだ。

先王はやることなすこと無法というわけではないが、先王妃に対する扱いをはじめ、露骨な粗が目立つやりかたをする人間だった。先王妃が極に極秘情報を流したから……というような建前でも流布すれば言いわけも立つものの、そんなこともしなかった。

銀花は君主のことを人気商売の側面があると思っている。その点、先王は民の人気がまったくといっていいほどなかった。一方現在の女王である金仙は、歴代随一……なんてことはぜんぜんないが、先王に比べたら雲泥の差である。

「もし、そこのご婦人」

母親が極の皇女であるという事実上、駝伽では一定層からの反感を向けられ続けるだろうから、人気が劇的に上がるなんてことはないだろうが、下がる気配も特にない、安定した治世を敷いている。

「ご婦人、こちらを向いてくれ」

だから天色が動くことはないだろうが、仮に動くとしたら、自分はきっと止めに動いてしまう……。

「ご婦人！」

「えっ、私!?」

呼びとめられる覚えがまったくなかった銀花は、完全に無視していた呼びかけにやっと足を止め……「うわ」と声をあげた。

相手は「ああ……」とため息のような声をあげ、いきなり銀花に抱きついた。

衆目の前で。

乗り場にはもうだいぶ人が集まっていたものだから。

どういうわけだか夫だった男（二人目）に抱きしめられている。しかもその相手、どういうわけか、おいおい泣いている。

身を引きはがすように離れようとすると、両手で顔を包みこまれた。

「生きて……生きている。生きてくれて」

今さら人ちがいですなんて主張できないということを、銀花は悟った。

人生、別れがあれば出会いもあるというが、これってどうなんだろう。相棒と別れ、そして元夫と再会する……こんなことってある？

銀花は遠い目をした。

「陸涛声どの」

「もう、『旦那さま』とは呼んでくれないのか？」

少し、痩せたように見える。せっかくの筋肉がもったいない。

この人のこんな弱々しいところは初めて見た。そんな彼の問いを無視して、銀花は彼の目をにらみつけた。

「選んで。私を行かせるか、私を殺すか」

この人を自分は技術的に殺せない。だから、そうしてもらうしかない。

銀花が扱うのは情報である。中途半端に戦い方を身につけていても、怪しまれるだけだから、あえてそうした。どこかに忍びこむときも武器は身につけない。そうしたら捕まったとしても、言い逃れがきく可能性が高いから。

徒手での戦い方もあえて覚えなかった。中途半端に上達して、無意識の身のこなしから発覚したら元も子もない。達人級になれば、身のこなしを素人のように見せることもできるのだろうが、そんな何年かかるかわからないものに時間を費やすつもりもなかった。

間諜《かんちょう》としての才能がない自分は、そこまで割りきって、削《そ》ぎすてて天色の一員としてやっていけるようになった。

それを、他人に出し抜かれたという事実に、正直なところ銀花は怒っていた。

あくまで元夫にではなく、自分に。

その感情を八つ当たりとして元夫にぶちまけていることに、銀花は自覚的だが止めはしなかった。

「どうしてそんなひどいことを言うんだ。嫌だ……愛しているんだ」

「あなたが愛した妻は死んだ。私は康慎ではない。あなたを『旦那さま』と呼ばない。あなたに教えた経歴は嘘《うそ》っぱちなの」

夫だった男は少し考えこんでから、口を開いた。

「康慎でないなら、なんと呼べばいい？　本名を教えてくれないか？」

今気にするところ、そこじゃないだろう。

「私の乳姉妹《ちきょうだい》が死にかけてるの！」

完全にやけくそで銀花は叫んだ……ら、夫だった男が顔色を変えた。

「それはたいへんだ。行くぞ」

「は!?」

なに言ってるんだこの男。

「お前を殺したくない。でも離れたくない。なら一緒に行くしかないだろう。それに妻と乳を共有した相手は、俺の姉妹でもある。守らなくては」

「あなた……なにを企《たくら》んでるの？」

「お前と一緒にいることを」

ここで夫だった男がにやりと笑った。

「お前にもうまみがある。関所を通過するのも、俺が一緒だと話がはやいぞ」

多分……銀花はもっとほかに言うべきことがあったのだと思う。状況をわきまえたなにかを。

けれどもこのとき銀花の口から出た言葉はこれだった。

「あなたお仕事はどうしたの？」

「喪中だ！　妻の！」

そう返され、銀花はしらばっくれた。

「そういえば、あなたの奥さま亡くなってたわね」

なぜか涛声は楽しそうに笑った。

「元からそういうところがあると思っていたが、お前は毒の強いところがあるな」

そうして、有無を言わさず涛声の馬に乗せられた。なかなかの駿馬《しゅんめ》である。

銀花が前に、それを抱えこむように涛声が後ろに乗って手綱をとる。

「この馬どうしたの？　いつも乗ってた馬じゃないわ」

「買った」

「買った!?」

銀花は思わずふりかえった。

濤声はまあまあの高給取りだが、それでも馬というのはたいそう高価な代物である。軽々しく入手できるものでもない。

「軍を休んでるからな、いつもの馬は連れていけないんだ」

「ああまあ、そうよね」

銀花の返事は「納得」以外の感情を含んでいないものだったが、そう言ってすぐ前を向いた彼女に、濤声はなにを感じたのか、ややあってからきりっとした顔で、銀花の顔を覗《のぞ》きこんだ。

「家計のことは心配しないでくれ」

髭《ひげ》が顔に当たって痛い。銀花は顔を振って、嫌だという意思を表明する。

「いえ、お宅の家計はもう私の関与するところではないので」

すってんてんになっても構わない。

「長官夫人が餞別《せんべつ》をくれてな」

「あの人、本当に無責任に焚《た》きつける……」

濤声の言い分は間違いなかった。

裏技等を使うことなく、正規の資格で駝伽まで一気に駆けぬけることができそうで、銀花は複雑で仕方がなかった。

道中、黙ってばかりもいられなかったので、銀花は気になることを聞いてみた。

「濤声どの。妹さんはどうしたの？」

「嫁に行った」

「あらおめでとう……え、どちらに？」

磬の結婚問題は、かなり深刻なはずだったのに、唐突に解決していたことに、銀花は驚きを隠せなかった。

「そう、それについて弁明しておきたかったんだ！」

「いえ、聞きたいのは弁明ではなく、説明」

結局、弁明とやらを聞かされることになった。

なんでも、隊商のうち極に留《とど》まらないほうの男性から、磬に対する縁談を持ちかけられたのだという。同時に、極に留まる側の女性から、濤声に対する縁談も。

後者を断ると前者の縁談が潰されそうで、前者の縁談をまとめてから後者を断るつもりだった……と言われ、銀花としては「はあ、そうですか」としか。

「それで、妹さんの結婚が決まったのはいいとして、あなたの結婚はどうやって断ったの？」

こんなところにいる時点で、再婚していないことは明らかなので、そこは気になる。

「いや、妹が結婚したら妻を捜しに行くから、それについてくるなら再婚してもいいと伝えた。そうしたら向こうから断られた」

「それはね……そうよ。だってどうかしてるもの」

気にしなければよかったと、銀花は心底後悔したし、この男と縁談が持ちあがった女性に対して同情もした。

結婚するかもしれない相手に「死んだ前妻を捜す旅に出るから一緒に行くか？」なんて言われるなんて経験、銀花だってしたくない。

「長官夫人には、妙に応援されたな」

「ああ、あの人。愛とかそういうの好きだから、無責任に」

実をいうと銀花は、彼女が本当に元上司の婚約者だったということを今は知ってしまっている。ひとしきりわらったうえで、元上司と結婚しなかったことを、よかったねと思っている。夫人にとっても、元上司にとっても。

あの二人は絶対にうまくいかなかったはず。

それなりに付きあいが深くなってくると、夫人もけっこう癖の強い人間だということを銀花は否応《いやおう》なしに理解してしまった。

「妹さんは、心穏やかに結婚できたの？」

銀花がいちばん同情しているのは、磬だ。「お前が嫁に行ったら、亡き妻を捜しに行く」と言われた彼女の心境たるや。

「それこそ、『どうかしている』という顔をされたが、最終的には納得してたぞ。お前を見つけたら手紙をくれと言っていた」

「本当に納得していたの？　あなたの正気を諦めたとかじゃなくて？」

「正直嫉妬しているんだが、お前は本当に妹と仲がよかったんだな。俺の説明を聞いたら、『確かに嫂《ねえ》さん生きてるわね』って納得して、元気に嫁いでいった」

「ええ……？」

一年一緒に過ごした相手なのに、この兄妹《きょうだい》のことが本当に理解できなくて気持ち悪いと銀花は思った。

夫だった男がとかく銀花を驚かせたり引かせたりするものだから、国境を越えたこともなんとなく流してしまったのが、銀花をまた苛立《いらだ》たせる。

もしかしたら二度と帰ってこられないかもしれない祖国——足を踏みいれた瞬間、感慨にふけったはずなのに。

みんなこの男のせい！

それにしても、世の夫というのはわけがわからない。死を偽装してまで離れた女についてきたがったり、妻に毒を盛ったりするのだから。

おそろしいことに、後者のほうがまだ理屈は理解できてしまうのだ。

※

王宮に着いた銀花を出迎えてくれたのは、天色の長だった。

「後ろの付属物はなんだ？」

開口一番発したのは、ねぎらいでも、指示でもなかった。

「これは……付属物です」

「……おう。でもそれいると隠し通路使えないんだが」

銀花は振りかえって「付属物」に言った。

「離れたところで待ってて」

「嫌だ」

銀花はちっと舌打ちした。それにもの申したのは、なぜか上司だった。

「お前……その態度、百年の恋も一時に冷めるやつだぞ」

「冷めてもらわないと困るんですよ」

道中、彼とはいろいろなことを話した。

もちろん天色云々《うんぬん》のことはふわっとぼかしたが、自分が娼館《しょうかん》にいたこともあるということは赤裸々に告白した。多分それで銀花への感情も冷めると期待したのだが、彼は銀花をそっと抱きしめ、「頑張ったんだな……」と。

違う、そうじゃない。

あまつさえ持っていた腕輪を見つけられて、「持っていてくれたんだな……」と勝手に感動されて、もうなにもかもが裏目に出ている気がする。

あとはもうとにかく冷たい態度をとりつづけたが、この男離れない。

今も。

「俺は離れない」

付属物は頑として譲らない。

「えー、じゃあふつうの通路通ろう」

なぜか上司が譲ってしまった。

「なんでこの男に配慮するんですか」

暗に、始末していただいてかまわないんですよと伝える。上司ならできるはずだ。

「お前、本当その態度、お前」

銀花の至極まっとうな態度に、責めるような目を向けられる。納得いかなかった。

「ふつうの通路」といっても、長は人気のないところを上手に案内した。なおその間、涛声はずっと目隠しされている。

手を引いているのは誰かって？　銀花だ。不本意。

「これがお前の天色としての最後の仕事になると思うと、感慨深いな」

「そうですね」

このとき銀花は、長と自分の中で「最後の仕事」の意味あいが異なるなんてことを、思いもしていなかった。

長が一室の扉を叩《たた》く。

「殿下、お望みの者をお連れしました」

「……入れ」

銀花はこの部屋――女王の私室に久しぶりに足を踏みいれた。

久々に会った女王は、ずいぶんとやつれた顔をしていた。

隣には彼女の夫がいて、女王の手を握っている。顔色は彼のほうがひどかった。

衝動的に女王に抱きつきそうになった……のを思いとどまったのは、理性が働いたからではなく、元夫とつないだ手を振りはらえなかったからである。

女王が、銀花の姿を認めてかすかな笑みを浮かべた。

「戻ったか……ところでその後ろの付属物はなんだ？」

「これは……付属物です」

上司と同じ言い訳は通用しなかった。

「この馬鹿。付属物はなんだと聞いて付属物と答える者がいるか」

ちっと舌打ちして、銀花は言いかえた。

「元夫です」

「今も夫だ」

銀花は首をぎゅん、と後ろに向けた。

「あなた駝伽の言葉知らないのになんで今」

「なんとなくわかる」

銀花はまた舌打ちした。今なら舌打ちで色んな旋律が刻める自信がある。音楽の世界に新たな風でも吹かせようか。

金仙が静かに問いかける。

「事情は把握しているな？」

「王夫殿下が、あなたに毒を盛ったということは」

「そう、それが事実だ……」

諦めたように、呻《うめ》くように、王夫が呟《つぶや》いた。

長い、話が始まる。

「まず、何から話しはじめようか……」

これはただの前置きで問いかけではない。少し待てば女王は本題に入るはずだ。しかし銀花はあえて口を挟んだ。

「姫を守ることから」

女王は驚いた顔を見せた。そしてふと柔らかい顔をして、王夫と顔を見あわせた。硬い顔だった王夫も、優しい顔になった。

二人の間に、不意に穏やかな空気が流れた。

そして女王は、その顔のまま銀花のほうを向いた。

「そう、そのとおりだよ、銀花」

この光景を初めて見た。ずっと見つづけていたかったと、銀花は思った。本当に彼が毒を盛ったのだろうか？　この光景を前にし、銀花は信じられない思いで胸がいっぱいだった。

王夫が女王に毒を盛った犯人であるならば、仮に女王が生きながらえたとしても彼の極刑は免れられない。それに彼は極から押しつけられた夫だ。廷臣の中でもかばおうとする者は少ないだろう。

となると、彼の娘である王女の立場も危うくなる。

「殿下、私を下手人としてお使いくださいな」

それを免れるためには、王夫の代わりの犯人が必要だ。銀花は自分がそれを担うつもりだった。理由はつけられる。捧妻子とされた女が女王に恨みを抱いて画策した……という感じ。それらの筋書きを、銀花は道中ずっと頭の中で描いていた。

これが天色としての最後の仕事だ、と。

「お前は……その覚悟で戻ってきてくれたのか」

「もちろん」

死に臨むにあたり、銀花に後悔はなかった。ただ……。

銀花はちら、と後ろを振りむいた。実は元夫、まだ目隠しをしている。

「私が役目を終えたら、この付属品、国外に追いだしてください」

女王はふっと笑った。

「いや、お前の役目は終わらないよ」

銀花は怪訝《けげん》な顔をした。

女王の夫が初めて口を開く。

「これほどの忠臣を私のために捨てるのは惜しいからな」

「そのとおり。だがこのしょうもない芝居に協力してくれるとなると、たいそう心強い人材だ。そう思わないか?」

夫婦が笑いあう。

銀花の胸に不安がよぎる。

「まあ相談に乗ってくれ、銀花」


それは、これから行われる茶番の打ちあわせだった。


話はまとまりきらず、銀花は長に促されて女王の私室を出た。

相変わらず涛声の手を引いている。

向かった先は後宮だった。王ではなく女王の御代《みよ》であるならば、王宮内でもっとも人気《ひとけ》が少ないのがこの場所だ。

「今日はこの小屋で寝ろ。じゃあまた明日」

「待ってください」

銀花は長を呼びとめた。

「どうした？」

「あなたは……私が『天色としての最後の仕事』を終えたあと、ちゃんと私を始末してくれるんですか？」

「なんでそうなる」

呆《あき》れた顔をする彼に、銀花こそ呆れる。

「それで本当にいいんですか？」

「いいんだ。お前はなんだかんだ一生殿下から離れることはないからな。それになんだかんだで、先代もお前が天色になるのにためらいを持っていた。あの血も涙も小便もなさそうな女がだぞ？　お前が表向きの世界に戻れるなら、きっと喜ぶだろうさ」

「そう、ですか……」

上司が去ったあと、銀花は世界にぽつんと取りのこされたような気持ちになった。その手を依然繋《つな》いでいた元夫が、ぎゅっと手を握りこんだ。

「いたっ……ええ、もう目隠しとっていいわよ」

濤声が目隠しをとり、銀花の顔を覗《のぞ》きこんだ。

「なにを悲しんでいる？」

「……まあ、いろいろよ」

一瞬だけ、なにもかもをぶちまけてしまいたい気持ちになったが、押しとどまった。濤声はそんな銀花を追及したりはせず、辺りをぐるりと見回す。

「今日はここで寝ればいいのか？」

「ええ……陸濤声どの。あなた、私のために人を殺してくれる覚悟はある？」

「それくらいなら」

濤声はあっさりと頷《うなず》く。

「代償は？」

「そうだな……今後は俺以外の男と所帯を持たないでくれ。それからあの腕輪をずっとつけていてくれ」

「そこは一緒に来てくれ、じゃないの」

「あれだけつれない態度をとられて、そんなこと言えるほど肝は太くないさ」

そういう態度をとられている自覚はあるらしい。

あまりにも譲歩されてしまったから、さすがの銀花もこれ以上毒を吐けなかった。困った子を見るような目を涛声に向ける。

「あなたはどうして、私のことがそこまで好きなのかしらね？」

「自分でもそう思う」と、涛声はくくっと笑った。

「でも一回失ったと思ったからじゃないかな」

「そういうものなの」

「そういうものだよ」

「いいわ……それくらいなら」

「決まりだ」

明日女王たちに提案して、決まったらこの男に説明しなくては。

そうして銀花は涛声と寄りそって眠りについた。

※

その日、女王の快気祝いの宴《うたげ》がささやかに行われることになっていた。

銀花は女官の服を来て、女王の支度を手伝う。

当然、以前の同僚たちが銀花の姿を見て「なんでここにいるの」という顔をする。多分二重の意味で。

一つ、銀花こと康夫人は王宮を辞しているはず。

もう一つ、仮に女官のままでいても女王の支度を手伝うような立場ではないはず……そのとおり、たかが盥《たらい》持ち程度だから。

銀花は雄弁な視線を無視しつつ、女王の後ろに回り、上衣を着せかけた。すかさず他の女官が帯を彼女の腰に巻く。

女王は帯を巻く邪魔にならないよう両手をゆったりと持ちあげ、ふと横を向き銀花に声をかけた。

「その方……以前ここにいた康氏によく似ているな……名は？」

「呉《ご》銀花と申します。従姉妹《いとこ》が聞けば、さぞ喜ぶことでございましょう。殿下のお心に留まっていたとは……」

聞いていた者たちがなにかを察したような顔をした。「なるほどそういう、、、ことになっているのね」、と。

素直な性格の者なら、「そっかー従姉妹だったのかー」と、言葉どおりに受けとめているかもしれない。しかし素直な性格の者は、そもそも宮仕えに向いていない。王宮においてはそんな者より美女のほうがよほど多い。右を向いても左を向いても、容姿込みで選ばれた女官たちなのだから。

　女王が鷹揚《おうよう》に頷く。

「なるほど。今日はお前が側についていてくれ」

「かしこまりました」

　いつも女王についている上級女官——天色の者にはもう話がついている。特に抗議の声があがることもなかった。

　その上級女官が金仙の頭に宝冠を被《かぶ》せ、銀花は「失礼します」と言って、金仙の顎の下の紐《ひも》を結んだ。礼儀にのっとりずっと顔を伏せたままだった銀花であるが、さすがにこのときは女王の顔を、目を見る。

「わかっているな」と言っている目がこちらを見ている。

「わかっているわ」と目で答えた。銀花は女王についていく。

　銀花は女王に付き従い広間に入り、涛声が柱の隅に立っているのを認めた。

　一瞥《いちべつ》だけして、あとは女王の介添えに徹する。椅子に座る際、裾等が見苦しくならないよう整え、離れた。

「殿下、今日もお美しい」

王夫が穏やかに笑って女王に笑いかける。女王はそれに笑みだけ返した。

銀花は給仕から受け取った銀の杯を、女王に手渡す。それを軽く掲げ、女王は廷臣たちに声をかける。

「皆の祈りのおかげで無事に治ったこと、自分の不調にあたり王宮の混乱をよく抑えてくれたこと、今日はその慰労も兼ねて楽しんでほしい……。では皆の者、乾杯！」

女王の合図で皆が杯を干す。

もちろん女王も。

王夫が「私の杯もお受けください」と、新たな酒を女王の杯に注いだ。

女王がそれに口をつけ、ようとしたところで。

「お待ちください！」

銀花は声をあげた。同時に杯を女王の手からはたき落とす。

「毒です！」

とはいえそれは、王夫が否定すれば言い逃れもできたことであっただろう。だが、彼はそうしなかった。踵《きびす》を返《かえ》して走りだした。

濤声がいる方向に。

濤声が剣を抜き、王夫を斬りふせる。


打ちあわせどおりに。


王夫が女王に毒を盛ろうとするところを、銀花はぎりぎりのところで止めた。

でもそんなの、都合よくいくわけはないのだ。

誰かのお膳立てがなければ。

そう、女王と王夫と、銀花の。


「待て！」

王夫を斬った濤声に、兵たちが殺到する。それを女王が止めた。

「誰も動くな！　皆、よく見よ。極から送りこまれたこの夫は、女王である私を殺《あや》めようとしたのだ！」

倒れた王夫にはまだ命があった。その命が残っている間に、聞かせてやらなければならないことがある。

「そこの女、呉銀花と申したな。私の命を救った……国家の大功を立てた褒美をとらせる。何を望む？」

銀花は跪《ひざまず》き、うやうやしく述べた。

「どうか……姫のお命はお助けくださいませ」

女王は転がる王夫をちらと眺めて、朗々と声をあげた。

「本来ならば、この男との間に儲《もう》けた姫もろとも廃するべきであるが、功労者の望みだ！姫の命は助けることとする」

それを聞き終わったところで、王夫は目を閉ざした。

「他は」

「御身を守るためとはいえ、その男――わたくしの使用人を無断で王宮に入れたことを、お許しくださいませ」

「よかろう」

涛声はどうやっても異国人であることを隠せなかったので、こういうやりとりを入れるしかなかった。

「そこの女以外、下がれ」

場には、銀花と女王と、物言わぬ骸《むくろ》が残った。涛声も残るかと思いきや、出ていってくれた。

女王は疲れきった声を発した。

「終わったな」

「うん」

「しょうもない茶番だった」

「しかも、目まぐるしかった」

「雑だったね」

二人して、今の演技を口を極めて酷評する。

「だがまあ、これくらいせっかちなほうが、途中で我に返らずにすむ」

「そうなの」

じゃあ今金仙は、終わって我に返っているところなのだな、と銀花は思った。その我に返った金仙は、ふいにぼたぼたと両眼から涙をこぼした。

銀花は袖で彼女の涙を雑に拭う。次から次へと涙がこぼれていく。

「なあ銀花。一緒にいてくれ。もう私にはお前しかいないんだ」

自分に抱きついて泣きじゃくる金仙を、銀花はただ抱きしめることしかできなかった。

自分も涙が止まらなかった。

ここに生きている者は自分と彼女しかいない。

あとは——金仙の夫が。

さっき自分たちと彼自身が殺した男が。

「私は、遅かったのね？　金仙」

「違う。遅かれ早かれこうなってた、私と彼はこうなるしかなかったんだ……」

自分の一族が妻と子にとって害になると思ったため、自分もろともと考えた女王の夫が、彼女を暗殺しようとした。

本人の誤算は、あくまで未遂ですませるつもりだったのが、そうはならなかったことだ。

彼自身の手のものが極側の意向で働いていたため、女王は死にかけた。

そうなるともう、ごまかしようもない。王夫をその立場に置いてはおけない。

仮に隠蔽したとしても、いつかは発覚する。そうなると姫の立場が危うい。

だからああやって、芝居ともいえない茶番を打ったのだ。場にいた廷臣たちは皆、これが茶番だと知っている。けれどもあれをやらないと、姫の立場は守れないのだ。

廷臣たちも、王位を継げる者が泉王と姫しかいない現在、姫が廃嫡されると困るから、口をつぐんだ。

「けれども壮基《そうき》のために、死んでやってもいいと、実は少し思っていた……」

「金仙」

「そう呼んでくれようになった人を、私は殺したんだ。もう呼んでくれる人を作らない。お前が私の名を呼んでくれる、最後の一人だ」

「ええ、そうでありつづけるわ」

「ふふ、飲もうか、銀花」

金仙はさっき銀花がはたきおとした杯を拾いあげ、さっき王夫が注いだ酒瓶から手酌で注いだ。

そして呷《あお》る。

「うまい」

一言告げて、銀花に同じ杯を渡し、これまたなみなみと注ぐ。

銀花もひと息で飲んだ。

毒なんか入っていない。

入っていないのだ。

※

銀花は夫だった男と肩を並べて、駝伽の王都を歩いた。

「前に来たときは、関門近くまでしか来なかったから、どういう街かよくわかっていなかった。活気があるな」

「市なんてどこの国も活気があるものよ」

言って銀花は足を止めた。

涛声も足を止める。

「私、あなたと行けない」

「そうか」

夫だった男は、思いのほかすんなりと頷《うなず》いてくれた。

「行かないではなく、行けないと言ってくれたのが嬉《うれ》しい」

顔に似合わぬはにかみ笑いを、少しかわいいと思ってしまった。

「あなたは、行間を自分の都合のいいように読みとるのがうまいのね。知らなかったわ」

こんなにずけずけと物事を言える相手が、自分にできるようになるとは思わなかった。その相手と別れることになるのを、少し寂しいと思う。

「呉銀花。『国家の大功を立てた』か……」

吐きすてるように銀花は呟《つぶや》く。これから銀花は、女王の祐筆《ゆうひつ》として本来の名前で生きていくことになる。

「めでたいな」と、彼が言わないことに少し気が楽になった。

「そうか。お前の本名を知ることができた」

苦笑する。ここでそんなことを言う彼の頭はちょっと「おめでたい」気がする。

「私はあなたの本名を知らないのに」

涛声が身をかがめ、銀花の耳になにかを呟いた。

呪文のような、歌のような。

「……今のが本名？」

「そう」

我ながら素っ気ない返事をしたものだ。けれども情感を込めたところで、どうせここで別れる二人には必要のないことだ。

「手を出してくれ」

銀花は黙って片手を出した。腕輪がはまっているほうを。

涛声はその手首を軽く握り、満足そうに笑って言った。

「息災で」

「ええ」

極に帰っていく彼の姿を見送り、銀花はふと彼との子どもがいなくてよかったと思った。いたら、もしかしたら、それを理由に彼と一緒にいようとしたかもしれない。

欲しかったなんて、思っていない。

相棒との別れとは違った、ずいぶん湿っぽい気持ちになった。

※

銀花の、祐筆としての最初の仕事は、泉源王あらため泉王の謁見に際し、女王に付きそうことであった。

王が女王の快癒祝いのために、王妃と側室を連れて王宮にやってきたのである。

——いや、王妃はともかく側室!?

と銀花は驚いた。前はいなかった。

側室を見て二度驚いた。もう二度と会うことがないと思っていた、爪のやすりがけ名人だった。

そして三度驚く。王ではなく、王妃が彼女にやたらべたべたしている。以前垣間見《かいまみ》たとき、やたら不幸そうな顔をしていた王妃だが、今はもう世界一幸せだとでも言うような様子だ。

王は王で、そんな二人と肉体的な距離はやや離れているが、親密な声がけをしていて、仲良し三人組といった感が漂う組みあわせだった。

正直、場違いなくらい。

「わざわざ異母兄上に足を運んでもらえるとは、女王としても、妹の立場としても喜ばしいものだ」

「とんでもない！　殿下の無事な御身を拝見できることは、臣《しん》めにとって大いなる喜びであります」

大げさというより、すごく必死、という感じであった。

「本当にお元気で！　今後も永久《とわ》にお元気でお過ごしください！」

「ああ、うん。王妃も息災なようで」

金仙は泉王の熱烈ないたわりをさらっと流して、王妃のほうに顔を向けた。

「殿下にお気づかいいただけ、嬉しゅうございます」

王妃は上品に挨拶をすると、名人に向かって褒めてというような目を向ける。名人が王妃の手をするりと撫《な》でた。

あの、美しい手で。

王妃が恍惚《こうこつ》と身を震わせる。

銀花もそれで、さすがに察してしまった。

「そちらは……見覚えがあるな」

「この度側室として迎えた金氏《きん》です。殿下に下賜いただいた。やはり殿下の人を見る目は素晴らしい……」

王の紹介で名人は一歩前に出て、恭しく礼の姿勢をとる。

「うん、息災であったようで、なにより」

「もったいないお言葉に存じます」

跪《ひざまず》こうとする彼女を止め、金仙が気さくに声をかけた。

「よい、よい。王と王妃によく仕えよ」

「心得ております」

王妃が口を開いた。

「殿下に再度御礼《おれい》を申しあげなくてはと思い、些末《さまつ》ではございますが、姫への贈り物を……金氏が選んだものです！」

王妃は最後の部分を強調した。

「そうかそうか。異母兄上、よければ姫と遊んでくれ。ちょうどお昼寝が終わるころだから」

「おお、喜んで！」

本当に嬉しそうに、王は女性二人を連れて退出する。

三人の退出後、銀花は改まった態度で問いかけた。

「ねえ、金仙、あれでいいの？」

「いいんだ。王妃はあれで、玉座に対する執着を失った。愛されたい欲求が満たされなくて暴走したから、愛されたおかげでそれがおさまったわけだ。王もよい補佐役を得たから、三方向、いや私も安心して泉王府を掌握できるし、金氏も自分の力を発揮する機会を得られたわけだから五方向が満足する結果を得たな」

「なるほど……？」

爪のやすりがけ名人は元は王宮の女官だ。やすりがけの技能だけでその座についたわけではない、というかやすりがけ以外が優秀なのである。ほら爪は四六時中磨くものではないから。

爪のやすりがけ以外は、これ、と名をつけられるようなものではないが、なにをやらせてもそつがなく、総合力が高い。

「え……と、それは金仙が狙った人事なの？」

だとしたら、そんな辣腕振るえる人間を自分が補佐する必要ある？　なんてことを銀花は思った。

が、鼻で笑われた。

「んなわけないだろ。あんなの、私も聞いて顎落とすかと思ったわ」

泉王府から出立する際、名人は銀花にそっと目配せして笑いかけた。銀花が「康夫人」と名乗っていたころのことを知っていて、私も黙っているわよという意味だ。

銀花はそれを正しく受けとったが、名人の横にいた王妃はなにか深読みしたらしく、銀花をぎろりと睨《にら》む。

ない腹を探られるとはこのこと、とんだとばっちりだ。

※

めんどうくさくてかわいい女《ひと》。

いろいろな名前を持ちすぎて、自分の名前を忘れた天色の間諜《かんちょう》は、自分のことを新月さんと呼んだ女、先日まで相棒だった女のことをそう思っている。

他にも自己評価が低すぎて自虐好きに見えるとか、言ってそこまで無能でもないだろとか、あまりにもひねくれすぎた結果むしろまっすぐに見える場合もあるとか……だいたいは、褒め言葉にはならない。

けれども彼女のことを悪しざまに思うとき、自分は彼女が大好きなのだと思う。幸せになってほしいと思っている。

これは愛じゃない、恋じゃない。

相棒は本当によい目くらましだった。自分の補佐に徹し、それに疑問を持たず真摯に勤めてくれた。

ああいう相棒は二度と得られないだろう。だから今後は仕事の仕方を変える必要があるかもしれない。

けれども悪いことばかりではない。よき相棒を失った代わりに、自分は女王が信を置く祐筆との縁を作った。

「運は力で、縁故は運」

天色の一人が、そう言っているのを耳にしたことがある。

相棒の夫も極の武官だった男で、なかなか面白い伝手《つて》を持っているはずだ。これらの縁は今後自分の力になるだろう。

彼もしくは彼女は、内心でにやりと笑った。

元相棒は、駝伽にのこのこ戻ってくる男を見て、唖然《あぜん》とするだろう。その顔を見て大笑いしたいので、帰国するつもりである。

ついでに長に、自分の名前なんだっけ？　と聞きにいかねば。

ところで彼もしくは彼女、その武官だった男と今、和やかにおしゃべりをしている。

「へえ、旦那、武官をされていたのですか！　どうりで体つきがしっかりしていると思いました」

「はは、ありがとう」

「お国は……見たところ、西のほうの方のようにお見受けしますが……なぜ駝伽に？　方向反対ですよね」

「妻がそちらの出身でね。ああそんな顔しないでください。ちゃんと生きています。駝伽にいます。私が極に用があって、一回戻っただけです」

「はあ、そうなんですか」

よくわからないけど、そういうこともあるんですねえ、といった顔を作る。

「そういえば、行商をなさるということは、装飾品も扱っておいでかな？　いえね、妻にいろいろと揃《そろ》えてやろうと思ってるんですが、まだ腕輪しかあげていなくてねえ」

「おや、それだったら、奥さまと一緒に選ぶといいですよ。駝伽のいいお店、紹介しますよ」

「といいますと……お兄さんも駝伽に？」

「ええ。なのでね、ご一緒しません？　旦那のような方がいらっしゃると、心強い」

「いいですねえ。こちらに戻ってくるとき、一人旅が存外寂しくてね。生まれたときから周囲が騒がしかったので、人がいないとだめなんでしょうねえ、俺は」

「ああ、その気持ち、ちょっとわかります〜」

なんてことを思いながら、それは確かにこの男と元相棒はけっこう合うだろうなと思う。

物静かに見えて、素だと意外に反応が騒がしいから。

この男と再会したときの彼女の仰天した顔が、目に見えるようである。

——なんで戻ってきたの⁉

で、多分夫のほうはこんなことを真顔で言うはず。

——口説きなおすために、身辺整理してきたんだ。

その後の元相棒の反応も、きっと騒がしいだろう。その姿を、特等席で拝見したいものだ。

あとがき

あとがきをですね、ずっと考えていたのですが、今ちょうど別の原稿に取りくんでいるところなんです。この本と連続刊行する本のです。

キャラクターの一人が「死ぬ間際ってむやみに語りたがりません～？」みたいなことを頭の中で言っていて、「おうおうずいぶん煽《あお》りおる」なんて気持ちで、いらっときています。

それで頭がいっぱいで、正直この本の内容さえだいぶ抜けてきています。

そんな中、担当編集さまからメールが届きました。件名は『「銀の秘めごと帳」カバーのあらすじについてのご相談です』。

そして示された内容が左記。

美しく飄々《ひょうひょう》とした性格の女官の銀花《ぎんか》には秘密がある。それは、女王直属の間諜《かんちょう》組織「天色《てんしょく》」の一員ということ。冷徹でありながら抜群の人当たりの良さを持つ銀花に、新たな任務が命じられる。

宗主国の将軍の妻になり、国外に潜伏するという長期の仕事だ。祖国に別れを告げた銀花が出会ったのは、無骨な優しさを持つ男、涛声《とうせい》だった。そつなく「妻」をこなすつもりの銀花だったが、予想外に涛声に愛されて……。

「紅霞《こうか》後宮物語」の雪村花菜が贈る、面白さ太鼓判のアジアン・スパイ・ファンタジー！

頭から内容がだいぶ抜けてきている私でもわかりました。いや、そんなロマンティックな内容じゃなかった、と。

何年か前に話題になったスパムメール「主人がオオアリクイに殺されて一年が過ぎました」と同じ匂いを感じながら、私はこんな返信をしました。マジで原文ママです。

お世話になっております。

あらすじ拝見しました。

中盤まで説明している件についてはまったく問題ないのですが、

恋愛要素については率直に申しあげて詐欺だと思いました。

読んだ人にこれ訴えられませんかね…？

編集部のご方針であるならば私に否やはないのですが、このやりとりをあとがきのネタにしてもよろしいでしょうか。

ご検討のほどよろしくお願い申しあげます。

こんな失礼な返信をしたにもかかわらず、あらすじを修正してくださり、しかもあとがきのネタにする許可までくださった担当編集さまに心から感謝いたします。

修正後のあらすじを読んだうえで拙作を手に取ってくださり、「ぜんぜん違うじゃないか！」とお思いになった方については、雪村がオオアリクイに殺されたと思って勘弁してくださると嬉《うれ》しいです。

二〇二三年八月十六日

雪村花菜

お便りはこちらまで

〒一〇二―八一七七
富士見L文庫編集部　気付
雪村花菜（様）宛
めいさい（様）宛

富士見Ｌ文庫

流《りゅう》蘇《そ》の花《はな》の物語《ものがたり》
銀《ぎん》の秘《ひ》めごと帳《ちょう》

雪村《ゆきむら》花菜《かな》

2023年10月15日　初版発行

発行者　山下直久
発　行　株式会社 KADOKAWA
〒102-8177　東京都千代田区富士見2-13-3
電話　0570-002-301（ナビダイヤル）

印刷所　株式会社暁印刷
製本所　本間製本株式会社
装丁者　西村弘美

定価はカバーに表示してあります。

本書の無断複製（コピー、スキャン、デジタル化等）並びに無断複製物の譲渡および配信は、著作権法上での例外を除き禁じられています。また、本書を代行業者等の第三者に依頼して複製する行為は、たとえ個人や家庭内での利用であっても一切認められておりません。

●お問い合わせ
https://www.kadokawa.co.jp/（「お問い合わせ」へお進みください）
※内容によっては、お答えできない場合があります。
※サポートは日本国内のみとさせていただきます。
※Japanese text only

ISBN 978-4-04-075138-2 C0193
©Kana Yukimura 2023　Printed in Japan

紅霞後宮物語

著／**雪村花菜**　イラスト／桐矢 隆

これは、30歳過ぎで入宮することになった「型破り」な皇后の後宮物語

女性ながら最強の軍人として名を馳せていた小玉。だが、何の因果か、30歳を過ぎても独身だった彼女が皇后に選ばれ、女の嫉妬と欲望渦巻く後宮「紅霞宮」に入ることになり——!?　第二回ラノベ文芸賞金賞受賞作。

【シリーズ既刊】1～14巻【外伝】第零幕　1～6巻

富士見L文庫

くらし安心支援室は人材募集中
オーダーメイドのおまじない

著／雪村花菜　イラスト／六七質

あなたの周りのSF（少し不思議）、
「くらし安心支援室」が解決します！

進路に悩む大学生のみゆきは教授から就職先を紹介される。それはSF（少し不思議）案件専門の国家公務員「くらし安心支援室」の一員というもの。怪しむみゆきだったけれど、みゆきの周囲でSF事件が起こり……？

富士見L文庫

後宮の黒猫金庫番

著／岡達英茉　　イラスト／櫻木けい

後宮で伝説となる
「黒猫金庫番」の物語が幕を開ける

趣味貯金、特技商売、好きなものはお金の、名門没落貴族の令嬢・月花。家業の立て直しに奔走する彼女に縁談が舞い込む。相手は戸部尚書の偉光。自分には分不相応と断ろうとするけれど、見合いの席で気に入られ……？

【シリーズ既刊】 1～2巻

富士見L文庫

後宮一番の悪女

著／柚原テイル　イラスト／三廼

地味顔の妃は
「後宮一番の悪女」に化ける――

特徴のない地味顔だが化粧で化ける商家の娘、皐琳麗。彼女は化粧を愛し開発・販売も手がけていた。そんな折、不本意ながら後宮入りをすることに。けれどそこで皇帝から「大悪女にならないか」と持ちかけられて――？

【シリーズ既刊】1～2巻

富士見L文庫

後宮茶妃伝

著／唐澤和希　イラスト／漣 ミサ

お茶好きな采夏が勘違いから妃候補として入内！
お茶への愛は後宮を救う？

茶道楽と呼ばれるほどお茶に目がない采夏は、献上茶の会場と勘違いしうっかり入内。宦官に扮した皇帝に出会う。お茶を美味しく飲む才能をもつ皇帝とともに、後宮を牛耳る輩に復讐すべく後宮の闇へ斬り込むことに!?

【シリーズ既刊】1～3巻

富士見L文庫

稀色の仮面後宮

著／松藤かるり　イラスト／Nardack

抜群の記憶力をもつ珠蘭。
望みは謎を明かして兄を助け、後宮を去ること――

特別な記憶力をもつ珠蘭は贄として孤独に過ごしていた。しかし兄を救うため謎の美青年・劉帆とともに霞正城後宮に仕えることに。珠蘭は盗難事件や呪いの宮の謎に挑み、妃達の信頼を得ていくが、禁断の秘密に触れ…？

【シリーズ既刊】1～2巻

富士見L文庫

侯爵令嬢の嫁入り
～その運命は契約結婚から始まる～

著／七沢ゆきの　イラスト／春野薫久

捨てられた令嬢は、復讐を胸に生きる実業家の、名ばかりの花嫁のはずだった

打ち棄てられた令嬢･雛は、冷酷な実業家･鷹の名ばかりの花嫁に。しかし雛は両親から得た教養と感性で機転をみせ、鷹の事業の助けにもなる。雛の生き方に触れた鷹は、彼女を特別な存在として尊重するようになり……

【シリーズ既刊】1～2巻

富士見L文庫

意地悪な母と姉に売られた私。何故か若頭に溺愛されてます

著／**美月りん**　イラスト／篁ふみ　キャラクター原案／すずまる

これは家族に売られた私が、ヤクザの若頭に溺愛されて幸せになるまでの物語

母と姉に虐げられて育った菫は、ある日姉の借金返済の代わりにヤクザに売られてしまう。失意の底に沈む菫に、けれど若頭の桐也は親切に接してくれた。その日から、菫の生活は大きく様変わりしていく——。

【シリーズ既刊】1～2巻

富士見L文庫

帝都の鶴

著／崎浦和希　イラスト／凪かすみ

“呪い”と呼ばれた孤独な少女と
“呪われた”年上婚約者の契約結婚物語。

没落貴族の女学生・鶴は結婚を命じられ実業家の婚約者・秋人の屋敷で暮らすことに。自らを「呪われている」と言う彼と、ふたり暮らしに戸惑う鶴。やがて屋敷内では怪奇現象が起こるも、実は鶴にも秘密があって……。

【シリーズ既刊】1～2巻

富士見L文庫

真夜中のペンギン・バー

著／横田アサヒ　イラスト／のみや

小さな奇跡とかわいいペンギンが待つバーに、いらっしゃいませ。

高校時代からの想い人と連絡が取れなくなった佐和は、とあるバーに踏み入れる。その店のマスターは言葉をしゃべるペンギン!?　驚きとキラキラ美しいカクテル、絶品おつまみに背中を押されて――。絶品の短編連作集

【シリーズ既刊】1～2巻

富士見L文庫

ぼんくら陰陽師の鬼嫁

著／秋田みやび　イラスト／しのとうこ

ふしぎ事件では旦那を支え、
家では小憎い姑と戦う!?　退魔お仕事仮嫁語！

やむなき事情で住処をなくした野崎芹は、生活のために通りすがりの陰陽師(!?)北御門皇臥と契約結婚をした。ところが皇臥はかわいい亀や虎の式神を連れているものの、不思議な力は皆無のぼんくら陰陽師で……!?

【シリーズ既刊】1～8巻

富士見L文庫

犬飼いちゃんと猫飼い先生

著／竹岡葉月　イラスト／榊 空也

何度会っても、名前も知らない二人の想いの行方は?
もどかしい年の差&犬猫物語

僕、ダックスフントのフンフン。飼い主の藍ちゃんは最近、鴨井って人間の雄を気にしてる。鴨井だって可愛い藍ちゃんに惹かれてる。けど、僕は鴨井が藍ちゃんに近づけない重大な秘密も知っているんだ！ その秘密はね…。

【シリーズ既刊】1～2巻

富士見L文庫

メイデーア転生物語

著／友麻 碧　イラスト／雨壱絵穹

魔法の息づく世界メイデーアで紡がれる、
片想いから始まる転生ファンタジー

悪名高い魔女の末裔とされる貴族令嬢マキア。ともに育ってきた少年トールが、異世界から来た〈救世主の少女〉の騎士に選ばれ、二人は引き離されてしまう。マキアはもう一度トールに会うため魔法学校の首席を目指す!

【シリーズ既刊】1〜6巻

富士見L文庫

青薔薇アンティークの小公女

著／**道草家守**　イラスト／沙月

少女は絶望のふちで銀の貴公子に救われ、
聡明さと美しさを取り戻す。

身寄りを亡くし全てを奪われた少女ローザ。手を差し伸べてくれたのが銀の貴公子アルヴィンだった。彼らは妖精とアンティークにまつわる謎から真実を見出して……。この出会いが孤独を抱えた二人の魂を救う福音だった。

【シリーズ既刊】 1～3巻

富士見L文庫

富士見ノベル大賞
原稿募集!!

魅力的な登場人物が活躍する
エンタテインメント小説を**募集中!**
大人が**胸はずむ小説**を、
ジャンル問わずお待ちしています。

大賞 賞金**100**万円

入選 賞金**30**万円

佳作 賞金**10**万円

受賞作は富士見L文庫より刊行予定です。

WEBフォームにて応募受付中

応募資格はプロ・アマ不問。
募集要項・締切など詳細は
下記特設サイトよりご確認ください。
https://lbunko.kadokawa.co.jp/award/

主催　株式会社KADOKAWA